イラスト：北上れん
illust : ren kitakami
JN284116
蜜情
MITSUJOU
Hayato has been attacked by mysterious men.
Gamon decides to hurry back home.
He asks Hayato's younger brother Takao and
his lover Yuki for help, but the situation develops far beyond
all of their imaginations...!?

BBN
B•BOY NOVELS

蜜情

岩本 薫

イラスト／北上れん

この物語はフィクションであり、実際の人物・
団体・事件等とは、いっさい関係ありません。

CONTENTS

蜜情

プロローグ

クリスマスを明日に控えた冬の日——コッツウォルズの小さな町には朝からちらちらと雪が舞っていた。

ひょっとして今年はホワイト・クリスマスになるんじゃないかと、午後のお茶を飲みながら常連客が話をしている。

英国の冬が日本より総じて気温が低いといっても、クリスマスに積雪するほどの雪が降ることは滅多《めった》にないらしい。現に、今日の雪も降り始めたかと思ったら三十分前後で降りやみ、またしばらくしてちらちらと白いものが舞い始める……といった空模様だ。

とはいえやはり、迅人《はやと》も期待せずにはいられなかった。

(この地で迎える初めてのクリスマスがホワイト・クリスマスだったら嬉しいのにな)

窓の外に目をやってはそんなことをぼんやり考えていると、常連客が席を立った。

『ありがとうございました』

後ろ姿に声をかけ、テーブルの上のカップ&ソーサーと皿をトレイに載せる。

それほど広くないイートインスペースを横断して厨房に入り、洗い場の桶に使用済みカップ&ソーサーと皿を浸け置いた。ふたたびホールに戻り、テーブルの上をダスターでさっと拭いて椅子を直す。

ここ、『ジュリズ・ベーカリー&カフェ』は、イートインのカフェが併設されたベーカリーショップだ。創業百有余年を迎える老舗《しにせ》で、店内は山小屋風の造りになっている。

縦、横、斜めに組み合わされた黒い板目と、白い壁が織り成す寄せ木細工のような建築手法は、ハーフ・ティンバードと呼ばれるものだそうだ。

山型の天井は丸太を半分に割った梁《はり》が剝《む》き出しになっており、壁は漆喰《しっくい》。床も古木を使った板張りだ。

ホールに点在するテーブルや椅子、ベンチもすべて素朴な木製。百パーセントナチュラル素材の家具や調度品に囲まれているだけで、なんとなく気持ちが穏やかになってくる。

ここでアルバイトを始めて二週間が過ぎた。

アルバイトを始めたのは収入が目的ではない。お金に関しては、有り難いことにパートナーに蓄えが「よっぽど贅沢《ぜいたく》しなけりゃふたりで一生暮らせる程度」あると言われていた。

それでも敢えて働くことを選んだのは、できるだけ早くこの土地に馴染みたかったのと、英語を上達させたかったからだ。英語は中・高と学校で習っただけだが、読み書きは問題ない。ネックはヒアリングとスピーキング。せめて日常会話に困らないレベルにまで上達したかった。

幸い、探し始めてさほど間を置かずにこのバイトを見つけることができた。

急にスタッフが辞めてしまい、人手が足りなくて困っているという話を、自宅の大家さんが人づてに聞きつけて、親切にも教えてくれたのだ。

言葉にやや難があるにもかかわらず、オーナーがいい人で、日本人は真面目で働き者だからと、面接のあとで即採用してくれた。

飲食店でのバイトは少しだけ経験があったので、仕事はすぐに覚えた。

英語も、ここでの接客のおかげか、この二週間で自分でも上出来なくらいに上達して、日常会話ならそれほど苦労なく交わせるようになってきた。仕事の場ではミスが許されないという緊張感がいい意味でプレッシャーとなり、上達を促《うなが》したのかもしれない。

おまけに、オーナーのミセス・スミスに焼き菓子のレシピや美味しいミルクティーの淹《い》れ方まで教わることができて、今のところ一石三鳥《いっせきさんちょう》だ。

ここのパンや焼き菓子は、すべて地元で採れたオーガニック素材を使っているので、安全でしかも美味しい。時々余り物のパンやパイをもらって帰るが、パートナーにも好評だ。

ホール業務は一段落したので、洗い物をしに厨房に入ろうかと思っていると、木製のドアが開いた。

『いらっしゃいませ』

入ってきた客に声をかけ、エントランスフロアに近づく。

新規の客は八十過ぎの老人だった。焦げ茶色のロングコートにグレイのソフト帽を被《かぶ》り、複雑な彫刻が施されたステッキをついている。年齢の割に背筋がすっと伸びており、そのせいか上背もあるように見えた。

皺深い顔に見覚えはないが、混じりけのない銀色の髪、高い鼻梁《びりょう》と薄い唇、鋭い眼光がどことなく貴族的な風貌だ。身なりもかなり上質そうに見える。この国には本物の貴族が現存しており、町外れの高台には中世のマナーハウスがあるので、その推測はあながち外れでもないかもしれない。

老人が、いろいろな種類のパンやパイ、プディング、スコーン、ジンジャーブレッド、マフィン、タルト、キッシュなどの焼き菓子が並ぶショーケースの前に立ったので、迅人はケースの背後のスペースに回り込んだ。ここで購入したものを、併設されたカフェで飲み物と一緒に食べることができるのだ。もちろん持ち帰りもできる。

今日はイブのせいもあって、タルトやプディングがよく売れる。近隣の住民は自給自足が基本で、自家菜園で採った野菜で料理も手作りするが、今夜はチキンの丸焼きなど大がかりな料理があるぶん、デザートは買って済ませようということだろう。手作りであるのは変わりないし、このデザート類はお金を払うだけの価値がある。

注文の声を待ちながら、ふと、正面からの強い視線を感じた迅人は、改めて対峙《たいじ》する老人を見返した。

いつから見ていたのか、冬の薄曇りのようなブルーグレイの瞳が、じっとこちらを見据えている。

射貫《いぬ》くような鋭利な眼差《まなざ》しに面食らった。

なんだろう？　東洋人がめずらしいとか？

でも……片田舎と言っても、少し大きな町に出ればアジア圏から来た観光客がうろうろしているし、今時東洋人を見たことがない人のほうがめずらしいはずだ。

そんなふうに思案しているうちに、ふっと脳裏に過去の映像がフラッシュバックする。

これと同じようなことがいつかあった。

そうだ。あれは……約一年前。パートナーである賀門《がもん》との初対面。

高三の試験休みにアルバイトをしていた甘味喫茶を賀門がふらりと訪れ、応対をする自分を、やっぱりこんなふうにじっと見つめてきた——。

実は「ふらりと」ではなく、ある意図を持っての来店であったと知ったのは、その少しあとのことだ。

今は恋人であり唯一無二の「つがいの相手」との、印象的な出会いを思い起こしていると、老人が薄い唇を開いた。

『見かけない顔だが……日本人か？』

少ししゃがれた声が、完璧なクイーンズイングリッシュを発音する。

『あ……はい、そうです。ここは先々週から働き始めて……アルバイトなんですけど』

自分が知らなかっただけで、常連客なんだろうか。なのに見かけない新参者が店にいたから、訝《いぶか》しく思ったとか？

憶測を巡らせている間も、老人の食い入るような視線は離れない。不自然なほどの凝視にさすがに戸惑いの声が零《こぼ》れた。

『あの……？』

老人がじわじわと目を瞠《みは》った。我に返った様子で、両目を二、三度瞬《またた》かせたあと、ガラスケースの中を節くれ立った指でさす。

『……ジンジャーブレッドとクレソンのキッシュを』

『それぞれワンピースでよろしいですか？』

『ああ……それと蜂蜜の瓶をひとつ』

『かしこまりました』

勘定を済ませ、品物を受け取った老人が、紙袋を小脇に抱えてゆっくりと踵《きびす》を返す。

ドアを開けたほうがいいんだろうか。でもこの手の気位の高そうな老人は、余計な手助けをすると却ってプライドを害しそうだ。

考えた末に、手こずるようならすぐにフォローしようと決める。後ろ姿を見守っていると、ステッキを使って出口まで進んだ老人が、ドアの手前で足を止めて振り返った。ブルーグレイの瞳が、ふたたびじっと迅人を見つめる。

（……また？）

顔が引き攣《つ》るのを感じつつも、迅人は無理矢理に口角を持ち上げて笑顔を作った。

『ありがとうございました』

『…………』

老人が軽くうなずき、身を返す。木のドアを開けて矍鑠《かくしゃく》とした足取りで出て行った。

その姿が視界から消えるのを待って、迅人は小さく首を傾げる。

一体なんだったんだろう……？

だがその疑問と老人の姿は、ホールの客が席を立つガタッという音を聴覚が捉えた瞬間に、頭の片隅に追いやられてしまった。

◎　◎　◎

パチパチと音を立てて燃え盛る暖炉《だんろ》の前に、数名の男たちが集《つど》っている。

外はすでに暗く、時折雪がちらつく不安定な天候だ。陽が落ちてから気温もぐっと下がり、とりわけ小高い丘の上に建つ石の館、ここ――ゴスフォード・ハウスは冷え込みが厳しかった。二百年前まで貴族のマナーハウスであったこの広大な屋敷には、現当主のポリシーでエアコンなどの文明の利器は取りつけられていない。二十一世紀の現在でも、屋敷が建てられた十七世紀とほぼ変わらぬ生活様式を、頑《かたく》なに貫き通しているのだ。

歴史を感じさせる美術品さながらの調度品と重厚な設《しつら》え、書物や絨毯《じゅうたん》、壁紙から発せられるやや黴《かび》臭い匂いも、一族の遠い祖先が移り住んだ当時より変わりがない。

吹き抜けの天井を持つ応接室に入ってきた男たちは、ひとりとして外套《がいとう》を脱がなかった。首のマフラーや手袋のみを無言で取り、それぞれ肘掛け椅子やソファ、カウチに腰を下ろす。

定位置に腰を落ち着かせてからも、男たちにこれといった会話はなかった。希望を失って久しい上に、身に染み入るような屋敷の寒々しさが、彼らを無口にしているのだ。

今日がクリスマスイブであることも、彼らの沈みがちな気分を持ち上げるほどの効果を与えないようだ。

時が止まった冷たい空間で、彼らは最後のひとりを待った。

『――遅いぞ、エイドリアン』

約束の時間に遅れて入ってきたまだ年若い金髪の男を、口髭《くちひげ》を生やした六十がらみの男が渋い顔で咎《とが》める。

『……すみません、伯父さん。クリスマス晩餐の準備が終わらなくて』

頭を下げた彼が空いていたソファのスペースに腰を下ろし、漸《ようや》く九名が揃った。

彼らの視線が自然と、背凭《もた》れの長い、年代物の肘掛け椅子に座す銀髪の老人に集まる。

二十歳そこそこから六十代半ばまで、年齢がまばらな男たちの顔立ちは、しかし、どこか血の繋がりを感じさせる共通項があった。

その彼らの顔を鋭い視線でぐるりと見回したのちに、一族の長である老人が口火を切る。

『今宵集まってもらったのは他でもない。我々にとってこの上ない朗報を伝えるためだ』

『………』

鈍い反応にも老人は怯《ひる》まなかった。

『本日「仲間」を発見した』

重々しい声音で継がれた言葉に、もともと静かだった場が、さらに水を打ったかのようにシンと静まり返る。老人以外の八名が顔を見合わせ、訝しげな目配せを交わし合ったあとで、一番年《とし》嵩《かさ》の男がおずおずと口を開いた。

『……我々以外に「仲間」が？』

疑念を含んだ問いかけに、老人が自信に満ちた表情でうなずく。

『間違いない。しかも【イヴ】だ』

『……………っ』

全員が同時に息を呑んだ——一瞬後、堰《せき》を切ったように口々に話し出した。

『【イヴ】が!?』

『本当ですか？　長老！』

『本当に【イヴ】が見つかったのですか!?』

興奮と疑心暗鬼が入り交じった声を制するように、老人が片手を挙げる。八名がぴたりと黙った。

『あの匂いは本物だ』

断定を受けて、男たちが今度は呻《うめ》くような声を漏らす。

『おお……神よ』

『……神は我々を見捨てていなかった』

胸の前で十字を切る者も、手を祈りの形に組む者もいる。

それほどまでに長老の知らせは、彼ら一族にとっての悲願であった。

老人も感慨深い面持ちで同意する。

『神は、イエスキリスト生誕前日である今日、我々に【イヴ】をつかわされた。……まさしく奇《き》蹟《せき》だ』

嚙み締めるようにつぶやいた老人のブルーグレイの瞳が、やがて暗い輝きを放った。

『あの【イヴ】を手に入れることができれば、我々ゴスフォード一族は絶滅の危機を免《まぬが》れる』

その眼裏には、かつて一族にただひとり存在した【イヴ】の姿が浮かび上がっていた。

人生の伴侶として、共にこの屋敷で暮らしたその姿……。

いまだ鮮明なビジュアルを脳裏に還し、老人は、一族に連なる男たちの顔を順番に視線で捉える。

類《たぐ》い希《まれ》な能力を持つが故に、それが徒《あだ》となって絶望の淵に立たされた男たちの顔を——。

『我々一族の命運はあの【イヴ】にかかっている』

老人の呼びかけに、男たちが奮い立つのがわかる。

ひさしぶりに見る、闘志漲《みなぎ》る八名の顔。

老人の嗄《しゃが》れた声が凛と命じた。

『どのような手段を講じてでも必ず、あの【イヴ】を手に入れるのだ』

1

コッツウォルズは、東はオックスフォード、南はバース、北はストラトフォード・アポン・エイヴォンに囲まれた三角形のエリアで、英国人が老後に暮らしたい憧れの地であり、英国カントリーサイドの代表的存在だ。

中世には羊毛業によって栄え、現在でも美しい丘陵で羊がのんびりと草を食《は》む光景がごく普通に見られる。

なだらかな丘、小さな森と小川のせせらぎ、蜂蜜色の建物、草花が咲き乱れる庭園、印象派の絵画さながらの空——どこまでも続く田園風景は、まるでおとぎ話の世界のようで、初めてその風景を見た瞬間に、迅人も魅《み》せられずにはいられなかった。

特別自然美観地域とはいえ、古いイングランドの面影が残るこれだけの豊かな自然の中で、人々が普通に生活を営んでいるのがすごいと思った。

だから、アラスカを皮切りに十ヶ月をかけてヨーロッパとアジアを旅したあと、定住の地を探すに当たってパートナーの賀門が、「コッツウォルズはどうだ？　英語が通じるし、何より環境が抜群だ」と提案してきた時、ふたつ返事で賛同したのだ。

一度目に訪れた時は夏だった。イングリッシュガーデンには色とりどりの花が咲き乱れ、緑も青々として空は晴れ渡り、まさに観光のベストシーズンだったが、二度目の来訪は晩秋。

花は終わりかけ、樹木の葉もだいぶ落ちていたが、森のところどころに紅葉が残っており、それはそれで雰囲気があった。

その二度目の訪問で、コッツウォルズの中でも南端に位置する小さな村に、現在住んでいる家を見つけた。

住民五百人足らずの、観光客も滅多に訪れない静かな村の外れに、その住居はあった。オーナーはかつて農業を営んでいたが今はもうリタイアしている老夫婦とのこと。

敷地に足を踏み入れてまず目に入るのは、美しく刈られた冬芝と動物を模《も》したトピアリー。そして小さいけれど工夫を凝《こ》らした庭。どうやら、持ち主がなかなかのガーデナーだったらしい。庭の中心は立派な林檎《りんご》の樹で、鳥のためにいくつかの実を残したその樹の下に、手作り風のガーデンチェアが置かれていた。

家の造りは、この地方特有の蜂蜜色の石を積み上げた壁に煉瓦《れんが》敷きの切妻《きりづま》屋根の組み合わせだ。出窓の白枠と鎧戸《よろいど》がアクセントになっている。

家の中に入ってみると、漆喰の白壁に剝き出しの古木の梁のコントラストが心地よく、ファブリック類もあたたかみのある色合いで、素朴でやさしい空間という印象を受けた。部屋数も屋根裏部屋を含めて五つと、住みやすそうだ。裏手に納屋が別棟で建っている。

リビングには暖炉があり、明日からでも暮らせるように家具もおおかた揃っていた。

家のすぐ後ろはこんもりした森になっており、細い小川が流れ、古びた石橋が架かっている。小川には柳の枝が垂れ下がり、野性のカモが泳いでいた。春になったらかわいい子ガモが親ガモをちょこまかと追い回す姿が見られるに違いない。

近くに教会があるらしく、晩秋の澄み渡った空気を鐘の音が震わせる。

カーン……カーン……。

心に染み入るようなその鐘の音を耳に、穏やかな小川の流れを眺めていると、傍《かたわ》らの賀門がつぶやいた。

「……いいところだな」

「うん。今にもそこの茂みからピーターラビットが飛び出してきそうだね」

「少なくとも野兎はそこらへんでぴょんぴょん跳ねていそうだ。——ここにするか？」

「うん」

賀門の問いかけに、迅人は躊躇《ためら》うことなくうなずいていた。

その翌週には早々と移り住み——引っ越しと言ってももともと荷物はほとんどないので気楽なものだった——一ヶ月ほどは、生活の基盤を整えるのに費やした。

今まではホテル暮らしだったけれど、住居を構えるとなると細々必要なものがあって、車で町に出てそれらを少しずつ買い揃えたり、家自体も自分たちが住みやすいようにあちこち修繕したりした。

十二月に入ってだいぶ新居が落ち着いたので、迅人はアルバイトを見つけて働き出し、賀門は町で唯一のパブで知り合った五十代の英国人の工房に通うようになった。

日本では小さなやくざ組織の組長だった賀門だが、組を解体し、足を洗った今は、個人投資家を肩書きとしている。迅人は知らなかったが、もともと組を運営しながら個人的に株の売買をやっていたようだ。そっちの腕はかなりのもので、すでに一生食うに困らない資産を築いているらしい。

そうは言っても何もしないでいると頭が惚《ぼ》ける——ということで、今でもオンライントレードを中心に株取引をしている。ただ、それでも体が鈍《なま》る（ガーデニングや家庭菜園をやるにしても春まではお預けだ）と思っていたところに、パブで知り合ったアレックスと意気投合し、『遊びに来いよ』と誘われたのだ。クラフト工房を持っていて、自身も腕のいい職人であるアレックスに、革の加工や銀細工を教わりつつ、彼の作業の手伝いをしている。

賀門いわく、「なかなか筋がいい」そうだ。

（自分で言うからなぁ）

妙に自慢げだった恋人の顔を思い出し、迅人はくすっと笑った。

いつもより客が多く、忙しかった一日が終わり、バックヤードで着替えを済ませた迅人は、『ジュリズ・ベーカリー&カフェ』の前のベンチで賀門を待っている。

ふたりが住む村から、アルバイト先のある町までは徒歩一時間、車で二十分ほどだ。迅人は基本、本降りの雨の日以外はオフロード用のMTBで通勤している（小雨程度ならフード付きのレインウェアを着て自転車通勤を強行する）。だが今朝は雪交じりの天候でかなり寒かったので、賀門が車で送ってくれた。帰りも迎えに来てくれることになっている。

（そろそろかな？）

ダウンの袖口を引っ張って腕時計を見ると、約束の六時を少し回っていた。ジュリズもそうだが、今夜はどこの店もクリスマスディナーに備えて早めに閉まっている。店の明かりはほとんど落ちているが、そのぶん、店頭のクリスマスイルミネーションがピカピカ点滅して綺麗《きれい》だ。

「おまえが働いている間、すげー美味いチキンを焼いておくからな」

今朝方車で迅人を送りながら、賀門は上機嫌だった。

ワイルドな外見に反して料理が上手い恋人は、新鮮な素材を使ってここぞとばかりに腕を振えるのが、楽しみで仕方がないようだ。

一緒に暮らし始めて、初めてのクリスマスというのもあるのかもしれない。一週間前くらいからめちゃめちゃ気合いが入っているのが傍《はた》からもわかって、なんだか微笑ましかった。

本来大らかで飄々《ひょうひょう》としたところのある男だったが、今の家に住み始めて、さらに明るさが増したような気がする。

日本を離れて各地を回っていた時は、旅慣れない自分を連れての移動の連続だったから、楽しくて刺激的な日々ではあったものの、やはり気が張っていたんだろう。場所によっては英語が通じなかったり、犯罪の多い土地柄だったりもしたから。

それに……万が一追っ手が来たら……という可能性も捨て切れなかった。

逃避行という表現は、ちょっと大袈裟だけど。

(まぁ、でも一応は「駆け落ち」だし)

賀門と手に手を取り、国外へ逃げた当初は、残してきた家族や友人、知人を想い、二度と会うことは叶わないのかと落ち込む時間も長かった。

今思えば、慣れない旅のストレスもあって、精神的にナーヴァスになっていたのだと思う。あの頃に比べれば、定住した今は随分と気持ちが落ち着いてきた。

まったく寂しくないと言えば嘘になるけれど……。

失ったものの代わりに大切なものを手に入れたのだから、仕方がないのだ。自分よりも賀門のほうがもっとたくさんのものを捨ててくれた。

今年の二月。

当時高校三年生だった迅人は、実家の大神組《おおがみ》と敵対する立場だった賀門と、運命的な出会いを果たした。出会った瞬間から無意識のうちに惹かれ、気がついた時には恋をしていた。

恋愛ごとに疎《うと》い自分にとって、初めての恋。

十八だった自分と三十四歳の賀門は年齢が十六も離れており、しかも男同士。

本来なら惹かれ合うはずもないふたりだったが、まるであらかじめそうなる宿命だったみたいに、自分は賀門の「匂い」に反応して、抗《あらが》い難い欲情を覚え……。

賀門に抱かれ、生まれて初めての「発情期」が訪れた。

そう――発情期。

自分たち神宮寺《じんぐうじ》一族直系の血を引く者は、特別な能力を持つ。

人でありながら、狼に姿を変える特殊能力。いわゆる人狼《じんろう》であることは、世間には絶対に知られてはならない『秘密』だ。

その禁断の『秘密』を賀門に知られ、彼によって発情期の訪れを誘発された。そしてそれこそが、賀門が自分の「つがいの相手」である証《あかし》でもあった。

自分の『秘密』を知っても、賀門は異形と疎まず、受け容れてくれた。

本当の自分を『秘密』ごと受け止め、愛してくれた。

仲間や仕事や住居、慣れ親しんだ生活……それら大切なものを全部捨てて、自分と生きる道を選んでくれた。

様々な障害や葛藤を乗り越え、今、愛するひとと共に暮らすことができている。

自分は今、怖いくらいに幸せだ。

ただしその幸せが、決して小さくはない『リスク』の上に成り立っていることも忘れてはならない。

賀門と生きるために、自分が日本に置いてきた『仲間』のことも……。

ふっと白い息を吐き、迅人は顔を上向けた。墨を流したような夜空に、ほぼ半円に近い月がぼんやりと輝いている。――上弦の月。

(残念ながらホワイトクリスマスは無理そうだな)

自分たち人狼は、月の満ち欠けによって体内バイオリズムを大きく左右される。

月が満ちるにつれて身の内にもパワーが満ち、月齢十五日前後にはもっとも野性が高まり、睡眠が浅くなって変身しやすくなる。だからといって、もちろんそう簡単には狼化したりはしない。

狼の姿で丘陵や森を思う存分に駆け回りたい衝動はあるけれど、そこは自制だ。いくらここが田舎でも、野生の狼がうろうろしていたら大騒ぎになる。とりわけ羊はパニックだ。

改めて気を引き締めていると、エンジンの音が聞こえ、左手から黒のＳＵＶが近づいてきた。

士朗《しろう》だ！

ベンチからぴょこんと跳ねるように立ち上がり、迅人はＳＵＶに向かって手を振った。小型のピックアップトラックが店の前で停止するのを待って駆け寄る。パワーウィンドウが下がり、彫りの深い貌《かお》が覗いた。

「迅人」

太い眉にたっぷりとした二重の目。鼻筋の通った高い鼻梁に肉感的な唇。がっしりと大きな顎《あご》に散らばる無精髭。一時期は短かった髪もまた伸びて、ワイルドさに拍車をかけている。

毎日見ているのに、今日だって今朝方別れたばかりなのに、大好きな男らしい貌にうっとりと見惚れてしまった。いや、でも九時間はブランクがあったんだから、恋しく思うのも当然だ。

「すまん、少し遅れた。待ったか？」

「うん、ちょびっと」

悪い悪いと謝りながら、賀門が助手席のドアを開けてくれた。英国は日本と同じく右ハンドルなので運転しやすいらしい。車体を回り込んだ迅人は、助手席に乗り込み、バックパックと手に持っていた紙袋をリアシートに置く。

「晩飯作りに夢中になってて、気がついたら時間が過ぎちまってた」

そう言い訳をした賀門が、シートベルトをカチッと嵌《は》めた迅人に左手を伸ばしてきた。宥《なだ》めるように大きな手で頬に触れたとたん、顔をしかめて、「冷てぇなー」とつぶやく。

「風邪ひいてねぇか?」

「大丈夫」

そう言ったのに、賀門は両手で迅人の頬を挟み、間近から目を覗き込んできた。灰褐色の瞳に自分が映り込んでいるのを認め、胸がほわっとあったかくなる。自らの熱を分け与えようとするかのように、賀門が頬をやさしくさすった。

「……士朗」

「ん?」

「手、あっつい」

硬い手のひらから伝わる熱でのぼせかけた迅人が文句を言うと、大きな唇がにぃっと横に広がった。男前がさらにアップになって、迅人の鼻の頭に自分の鼻を擦りつける。

「よし、あったまったな。んじゃ、車出すぞ」

そう告げて、賀門がイグニッションキーを回した。


家に帰るルートの途中、村に入る入り口のあたりに、もともとは領主館《マナーハウス》だったホテルがある。アフタヌーンティーを取りに来る近隣の住民と、宿泊客以外は敷地内にいないので、秋のハンティングシーズン以外は、いつも静かでのんびりとした佇まいのホテルだ。

今の家を探しに来た際に迅人たちも泊まったが、部屋は領主館時代の仕様を活《い》かして趣がある し、ヴィンテージ風の調度品もいい感じで、食事も美味しかった。スタッフはシティホテルと違ってきびきびはしていないが、みんな感じがよかった。

そのいつもはおっとりのんびりとしたホテルが、今夜はクリスマス仕様に飾りつけられ、キラキラ煌《きら》めいている。エントランスの大きなもみの木も、ブルーとホワイトのイルミネーションがピカピカ点滅していた。

「綺麗だねー」

迅人の感嘆の声に、賀門もステアリングを握りながら、「ああ」と同意する。

ちょうどエントランスの車寄せに黒塗りのリムジンが到着したところで、制服を着たスタッフが出迎えていた。

後部座席から降りてきたのはふたり組の女性客。まだふたりとも若い。

「きゃー、かわいい!」

「やーん、素敵なホテル! 絵葉書みたーい」

興奮気味のハイテンションな声が車の中まで届いて、彼女たちが日本人だとわかった。思わず賀門と顔を見合わせる。

「……日本人だね」

「……だな」

英国風クリスマスをマナーハウスで過ごそう——とかなんとか、いかにも女の子が飛びつきそうなプランを旅行代理店が売り出したのだろうか。遙々《はるばる》こんな田舎の村までやってくる日本の女の子たちのパワーには、恐れ入るより他ない。

「ねぇねぇ、クリスマスツリー本物だよ！」

「ほんとだぁ……オーナメントもかわいい！」

ひさしぶりに聴く日本語に触発されてか、海を隔てた故郷に思念が飛ぶ。

今頃みんなどうしているだろう？

日本との時差は九時間。日本は今、二十五日の未明だ。

神宮寺の家は江戸末期から続く任侠《にんきょう》の家なので、クリスマスイベントを大々的に執《と》り行うことはなかった。二十五日の朝にプレゼントはもらえたけれど、ツリーを飾ったり、イブにケーキを食べたりはしなかった。だから今年もきっと例年どおりだったはずだ。

一応今朝起きてから、日本にいる弟の峻王《たかお》とその恋人の立花《たちばな》には、クリスマスメールを送っておいた。本当はカードを送りたかったけど、誰に見られるかわからないのでそれは難しい。

自分と賀門の「駆け落ち」を補助してくれた彼らには、コッツウォルズに落ち着いた時点でメールを入れて、いざという時のために連絡先を教えてある。彼らも折りに触れて家族の様子を知らせてくれるので助かっていた。

（今のところ父さんも叔父貴も元気そうだし……）

遠く離れた故郷につらつらと思いを馳せ、しばらくぼーっとしていたせいか、不意に賀門に話しかけられる。

「どうした？」

「え？」

「日本が恋しくなったか？」

顔を横に振って、視線を向けてきた賀門と目が合った。灰褐色の瞳が、気遣わしげな色を浮かべている。

（あ……もしかして心配させちゃった？）

「そんなことないよ」

あわてて否定した。

「みんなどうしてるかなって思っただけ。今日クリスマスだし」

「そうか？　ホームシックな顔してたぞ？」

追及されてちょっとムキになる。

「ホントそれだけだって。ホームシックとか全然ないよ。だって士朗がいるし……」

言葉を重ねながら手を伸ばし、恋人の逞《たくま》しい腕に触れた。本当は抱きつきたいけど運転中だ。

「それを言うならどっちかっていうと俺より士朗のほうが……さ」

ぽつりとつぶやく。

自分のために、賀門には仕事や長年苦楽を共にした仲間を捨てさせてしまった。

次にいつ日本に帰れるかもわからない。

しかも日本に帰れば帰ったで、『秘密』を知ってしまった賀門は追われる立場だ。最悪の場合は命を取られるかもしれない。

（……俺のせいで）

その件に関しては、今でも本当に心苦しく思っている。

賀門は決して自分を責めることはしないけれど。

「俺？　なんだおまえ、そんなこと思ってたのか？」

意外そうな声を出した賀門が、片方の眉を吊り上げる。

「何度も言っただろう？　俺はもともと何も持っていない。親や兄弟、親戚縁者もいない。組を続けていたのも、高岡《たかおか》のオヤジへの恩返しの意味合いと……まぁ正直長年の惰性みたいなところもあった」

「…………」

「組に関してはやれるだけのことをやって、組員にも俺がしてやれることは全部した。渡せるものもすべて渡した。子供じゃないんだし、このあとどう生きるかはあいつらの人生だ。……だから日本に未練は一切ない。おまえが気に病《や》むようなことは何もないんだよ」

言って聞かせるような物言いのあとで、賀門が強く言い切った。

「俺は、おまえさえいればいいいんだ」

「……士朗」

ぎゅうっと心臓が痛くなる。

泣きたいくらいに幸福で。でもほんのちょっぴり切なくて。

胸に満ちてきた甘苦しい気分に圧され、迅人は摑んでいた恋人の腕に額をすりすりと擦りつけた。消え入りそうな声で囁く。

「大好き」


家に戻ってすぐに賀門はディナーの準備を始めた。迅人も手伝いを買って出る。と言っても、すでにメインのローストチキンはオーブンの中にあり、他の料理もほとんどでき上がっていたので、皿を並べたり、簡単なテーブルセッティングをしたりといった程度の手伝いだ。

真っ白なクロスをかけたダイニングテーブルの上にランチョンマットを敷き、グラス、皿、ナプキン、カトラリーをセットした。真っ赤なキャンドルに火を灯《とも》す。

暖炉では迅人が割った薪《まき》がパチパチ勢いよく燃えているし、もみの木（ふたりで一緒に森に選びに行って、賀門が伐《き》り出した木だ）の下にそれぞれのプレゼントも置いてあるし、ラジオからは懐かしめのクリスマスソングが流れているしで、雪こそ降っていないけれど雰囲気はばっちりだ。

テーブルセッティングが終わると、賀門が料理を大皿に盛りつけ、テーブルに並べていく。

ディナーのメニューは、今が旬の生牡蠣《なまがき》、鶏レバーのテリーヌ、スモークサーモンのサラダ、クレソンのキッシュ、ポークとチェリーの煮込み、そしてメインのローストチキン。

すべて賀門の手作りで、素材選びにこだわり、仕込みにもかなり時間をかけていた。

それらにプラスして、迅人がアルバイト先からお裾分けしてもらった「林檎とブラックベリーのパイ」がデザートとなる。

全部並べると、四人掛けのダイニングテーブルが隙間なく埋まってしまった。

「すっごーい！　めっちゃご馳走《ちそう》だね！」

「イブだからな」

「イブだからさ、一杯だけシャンパン呑んでもいい？」

迅人がお伺《うかが》いを立てると、賀門が顎をガリッと掻き、しょーがねぇなという顔をした。

「一杯だけだぞ、未成年」

「英国じゃもう成人だもん」

「おまえは日本人だろーが」

おでこをピンと弾かれて、へへっと笑う。

(ラッキー、保護者のお許しが出た！)

せっかくのクリスマスディナーなのに、自分だけミネラルウォーターなんて味気なくてつまらないと思っていたので、うきうきとワインクーラーからシャンパンのボトルを取り出した。

向かい合って席につき、賀門がシャンパンの栓を抜いてクリスタルのグラスに注ぐ。

「んじゃ乾杯だ。メリークリスマス」

グラスを掲げた賀門が音頭を取り、迅人もグラスを持ち上げた。

「メリークリスマス！」

軽くグラスを合わせて、しゅわしゅわと気泡した液体に口をつける。舌がぴりっとした。思っていたより辛《から》い。……賀門がいつもすごく美味しそうに呑むからどんだけ美味しいのかってわくわくしてたけど、期待外れかも。

顔をしかめていると、正面の賀門がふっと鼻で笑った。

「無理すんなや、坊や。林檎ジュースにしとけ」

「無理してないよ！」

子供扱いにむっとしてぐいっとシャンパンを呷《あお》り、げほっと咽《む》せる。

「げほっ……げほ、げほっ」

「あー、あー、だから言わんこっちゃねえ。ほら、これで拭け」

賀門が渡してくれたナプキンで口を拭《ぬぐ》う。

（かっこ悪ぃ）

涙目で賀門を見たら、ニヤニヤ笑っていた。くそっ。

「いきなりじゃなくて、様子見しつつちょっとずつ呑めよ。酔っぱらってぶっ倒れたらミサに行けなくなるからな」

十二時から近所の教会でミサがあるのだ。日曜ごとの礼拝は非クリスチャンには敷居が高いが、クリスマスミサは万人に門戸《もんこ》を開いていると聞いて、参加するのをすごく楽しみにしていた。

クリスチャンじゃないけど、お祈りしたいことはたくさんある。

来年も士朗が健康で怪我をしないように。日本にいる家族や身内のみんなが息災に過ごせますように。賀門の足を引っ張ってはいけないので、自分も元気で過ごせますように……。

「料理取り分けてやるから、皿を寄越《よこ》せ」

賀門が各料理を適当な分量、皿に盛りつけてくれる。ビーツや緑豆が入ってカラフルなテリーヌや真っ赤なチェリーの煮込みは、目にも鮮やかだ。

「いただきます！」

まずはレモンをたっぷりかけた生牡蠣にしゃぶりついた。真珠色の身がジュレと一緒に、つるんと口の中に滑り込んでくる。

「ウマッ！」

思わず大きな声が出た。

「クリーミーだな。口の中で溶ける」

「テリーヌもスモークサーモンも美味しいよ！」

「新鮮な白レバーで作ったからな。サーモンは自分で燻《いぶ》してみたんだが」

「へー、自家製なんだ？　あっ、このクレソンのキッシュ美味しい……」

「クレソンが苦手なおまえでも、こうすると案外イケるだろ？」

「うん、癖がなくてびっくり。タルト生地もサクサクで……ポークの煮込みもローズマリーが利いてて美味しいよ」

どれも本当にお世辞抜きで美味しくて、取り皿の料理はすぐになくなった。賀門もシャンパンをガンガン呑みながら、迅人の倍くらいの量をモリモリ食べる。

「よし、じゃあメインディッシュを取り分けるぞ」

立ち上がった賀門が、ナイフを使って鶏の丸焼きを解体した。迅人の皿と自分の皿に、手羽、もも肉、胸肉と、各種部位を公平に分配する。

胸肉を口の中に入れて嚙み締めると、じゅわっと肉汁が広がった。

「すんごいジューシーだね！」

「ブロイラーと違って鶏の肉自体に旨味があるよな。朝絞めたばかりのやつを手に入れられてよかったよ」

賀門は物怖じしない性格のおかげですっかり近所の農家とも仲良くなって、ジャガイモだのカブだのをしょっちゅう分けてもらってくる。この鶏も、頼んで今朝絞めてもらったらしい。

メインのチキンも取り皿の分は完食し、締めのデザートは「林檎とブラックベリーのパイ」に生クリームを添えて食べた。

オーナーご自慢のパイは美味しかったけれど、すでにかなりキツキツだった胃袋にトドメをさされた気分で、迅人は暖炉の前のソファにどさっと身を投げ出す。下腹をさすって「……お腹いっぱーい」と苦しい声を出した。

「でもどれも美味しかったぁ」

賀門もソファにやってきて腰を下ろす。呑み足りないのか、左手には赤ワインのグラスを持っていた。迅人は結局、シャンパン一杯で顔が火照《ほて》り、後半戦はミネラルウォーターに変えた。それでもまだ酔いが少し残っている。

「よく食ったな」

ぐったりとソファの背に凭れた迅人の頭を、賀門が右手でくしゃっと撫でた。

「んー……でも、けっこう残っちゃったね。せっかく作ってくれたのにごめん」

「俺もちょいと調子に乗って作り過ぎた。残りは明日また食えばいいさ」

大きな手で髪を掬《すく》うように掻き混ぜられて、心地よさに目を細める。やがて賀門の手が頭の天辺から後頭部を伝って下がり、首筋をやさしく揉んだ。寝る前とか風呂上がりとかに、賀門はよくこんなふうにマッサージをしてくれる。まるで狼にグルーミングするみたいに。

（……気持ちいい）

ぽてっと賀門の肩に頭を載せる。大きな体に体重を預けて、迅人はふーっと幸せな息を吐いた。横目で賀門の無精髭の浮いた顎を眺めながら、ふっと脳裏に浮かんだ疑問を口にする。

「ねぇ……いつもこんなだった？」

「何がだ？」

「……いつもこんなふうに料理作ったりしてたの？」

自分と違って大人の賀門には、過去にたくさんの恋人がいたことはわかっている。包容力があって、やさしくて、男前で、フェロモン出してて……その上料理がプロ裸足と来れば、女性にモテないわけがない。

わかっていても、賀門がこんなふうに昔の恋人とも楽しくイブを過ごしたのかもしれないと想像しただけで、胸の奥がちりっと灼《や》けるみたいに痛んだ。

わかってる。こんなの、子供じみた嫉妬《しっと》だってことは……。

(こんなだから、いつまで経っても子供扱いなんだ)

「迅人?」

賀門が身を屈めて迅人の目を覗き込んできた。きゅっと奥歯を食い締める迅人の薄茶色の瞳をしばらく見つめ、ぼそりと落とす。

「初めてだ」

「え?」

「こんなふうに何日も前から仕込んで凝った料理作ったり、ツリー飾ったりするのは初めてだよ。堅気《かたぎ》のイベントとは無縁だったし、毎年組のもんとちょっと値の張る飯を外で食って終わりだった」

「そうなの?」

「俺はガキの頃のいい思い出がないからな。クリスマスってぇと、施設に慈善団体のババアが押しかけてきて、偉そうな説教を聞かされたあと、プレゼントとは名ばかりの古着とか壊れかけた玩具《おもちゃ》とか渡されて、冷凍焼けでパサパサのケーキ食うっていうな……」

当時を思い出したのか、賀門が大作りな顔をしかめる。

「おまえの家も特別なことはやらなかったんだろ?」

「うん」

「だから、今年は俺たちにとって初めてのクリスマスみたいなもんだ。今後はこれがうちのスタンダードになるから……まぁ『我が家流』って言うかな」

ちょっと照れたように賀門が笑った。

「……『我が家流』」

(我が家……そっか。俺たち、家族なんだ)

大切なひとたちとの別れと引き替えに、新しい家族を得た。

掛け替えのない伴侶を得た。

その言葉を改めて噛み締める迅人の顔を黙って見つめていた賀門が、ワイングラスをローテーブルに置いて立ち上がる。

「ちょっと待ってろ」

手作りオーナメントで飾られたクリスマスツリーまで歩み寄り、木製の鉢カバーの前に置かれた小さな包みを摑んで戻ってきた。

ふたたびソファに腰を下ろし、迅人に向かってそのモスグリーンの包みを差し出す。

「正式には二十五日の朝に渡すもんらしいが、多少のフライングはいいだろう。俺からのクリスマスプレゼントだ」

そこに置かれているのはわかっていたけれど、もらえるのは明日だと思っていたので、不意打ちな気分で受け取る。

「ありがとう。あ……じゃあ、俺のも」

腰を浮かしかけて「おまえのは明日の楽しみにしておくよ」と言われ、ふたたび座面に尻を納める。迅人のプレゼントはアンティークショップで見つけたダッチオーブンだ。アルバイト代を貯めたお金で一昨日購入した。

日を置いて悪くなるものでもないし、賀門が明日でいいならいいか。それに、目の前の包みを早く開けたかった。

「開けてもいいの？」

「もちろん」

五センチ四方のキューブ型の包みに巻かれた焦げ茶色のリボンをいそいそと解き、モスグリーンの包装紙をぺりぺりと剝《は》がす。現れた赤いビロードの小箱の蓋をパカッと開けた。

「……………っ」

ビロードの台座に指輪が嵌っていた。五ミリ幅くらいの銀製の指輪で、トップに何か動物の顔らしき意匠《いしょう》が彫り込まれている。指輪を摘《つま》んで持ち上げ、近くでよく見れば、その意匠は狼の横顔だった。

「これ……もしかして……手作り？」

「ああ、アレックスに教わって作った」

そう言った賀門が、「俺のはこれだ」とシャツの胸ポケットからシルバーの指輪を取り出した。

迅人にくれた指輪よりもふた回りほどサイズが大きい。

「どっちも裏に俺とおまえの名前が刻んである」

「って、ペアリング?」

「ま、結婚指輪みたいなもんだ」

わざとのようにさらっと、賀門が素っ気ない口調で言った。それでもその単語が与えるインパクトに打たれ、迅人は息を呑む。

(結婚……指輪)

思ってもみなかった贈り物にとっさに声が出ず、瞠目《どうもく》して手許の指輪を見つめていたら、ゴホンと咳払いが聞こえた。

「指輪なんかするの面倒だってんなら、別に無理にしなくてもいいんだぞ?」

迅人は弾かれたようにぶんぶんと首を横に振る。

「め、面倒なわけないじゃん!」

指輪を持った手をぎゅっと胸に押しつけ、顔を上げた。恋人の目を見つめて、思いの丈を言葉にする。

「嬉しい……すごく」

「そうか」

我ながら拙《つたな》い言葉だったけれど、ほっとしたように、賀門が体の力を抜くのがわかった。

もしかして……まさかとは思うけど、緊張していたんだろうか。

脱力後、蕩《とろ》けるような笑みを浮かべた賀門が手を伸ばしてきて、迅人の手のひらから指輪を摘

み上げた。

「嵌めてやる」

左手を取り、胸の位置まで持ち上げて、薬指にリングを通した。途中までは厳《おごそ》かな顔つきでそろそろと押し込み、最後は一気に根元まで嵌め込む。

薬指で鈍い輝きを放つシルバーリングに、迅人は感極まった眼差しを向けた。

指輪に刻まれた狼は、どこか自分に似ている気がした。

男同士だし、形にこだわるつもりはないけれど、やっぱり目に見える「証」があるのは心強いものなのだと知った。

「俺のも嵌めてくれ」

賀門に乞われ、今度は迅人が恋人に指輪を嵌める。緊張して指輪を摑む指が震えたが、なんとか嵌めることができた。

お揃いの指輪が嵌った左手を合わせて、ふたりで小さく笑い合う。

「……迅人」

賀門が顎に手をかけ、ゆっくりと顔を近づけてきた。熱っぽい唇が重なってくる。

触れ合うだけの誓いのキス。

唇が離れたあと、迅人は恋人の首に両腕を回し、大きな体にぎゅっと抱きついた。賀門も強く抱き返してくれる。硬い首筋に鼻を擦りつけ、スンスンと大好きな匂いを嗅《か》いだ。

心臓がトクトクトクと早鐘を打ち、恋人の体から伝わる「熱」で体温が急激に上昇していく。

ただでさえ今は発情期なのに、こんなふうに抱き締められたら……頭がクラクラして。

(おかしくなる)

「……士朗」

たまらず、欲情に掠れた声で名前を呼んだ。言葉にせずとも、声に潜《ひそ》んだ要求を、包容力に富んだ大人の恋人なら酌《く》み取ってくれるはずだ。

果たして迅人を抱き締めたまま、賀門がその体をゆっくりと倒す。ソファの座面に押し倒して、迅人の目を覗き込んで囁いた。

「ミサが始まるまでに終わらせるぞ?」

「……うん」

この上なく幸せな気分でうなずき、迅人は自分から恋人の唇に唇を押しつけた。


甘くてやさしいキスを何度も交わすうちに、体がどんどん熱を孕《はら》んでいく。

鼓動が速まって肌が火照って呼吸も浅くなって……自分が発情しているのを実感しながら、迅人はソファの座面から下り、ラグに直接両膝をついた。膝立ちになって、賀門のシャツの前立てに手を伸ばす。上からボタンを外し、シャツを開いた。逞しい胸から引き締まった腹筋にかけてが露《あらわ》になる。

オレンジ色の明かりに浮かび上がる、見事な陰影。自分とはまるで異なるその完成度にうっとり魅入られてしまう。

もともと日本人離れした体格の持ち主だったが、ここに定住してから肉体労働に勤《いそ》しむ機会が増えたせいもあって、なおのこと体が大きくなってきた気がする。

自分が賀門の年齢になっても、それまでにがんばって鍛《きた》えても、きっとこうはならない。これはもう、持って生まれた資質が違うのだとしか言い様がない。

迅人がそれを零すと、賀門は「おまえには、かわいい乳首ときゅっと締まったちっちぇえ尻があるだろ？　充分じゃねぇか」とか意味不明の宥め方をするけれど。

自分にないものだから……一生手に入らないものだから、どうしようもなく惹かれるのだ。

見えない糸に引き寄せられるように浅黒い肌に顔を近づけ、くんっと匂いを嗅ぐ。かすかな汗の匂いに混じって、甘くてちょっぴりスパイシーな体臭が鼻孔を擽《くすぐ》った。

（ああ……士朗の匂いだ）

何度嗅いでも飽きることのない、大好きな匂い。成熟した雄の匂いに背中がぞくっと震え、頭の芯が眩む。完全に発情スイッチがオンになってしまった。

割れた腹筋に唇を押しつけ、ウール素材のスラックスの前立てに手をかける。ファスナーをちりちりと下ろし、下着の上から恋人の欲望にそっと触れた。

まだ柔らかいそれは、それでいて充分な質量を誇っている。熱い漲りに顔を寄せ、布の上からくちづけると、それまでは鷹揚《おうよう》に構えていた賀門が、ぴくりと身じろいだ。

布越しに昏でフォルムを辿り、口を開いてシャフトをはむっと食む。歯を立てないように気をつけながら、上唇と下唇で横咥えに挟み込み、ゆっくりと顔を上下にスライドした。舌を使って形をなぞるにつれて、布が唾液を吸い込んでできたシミが広がっていく。

ダイレクトな愛撫もいいけど、こんなふうに布越しにされるのも焦《じ》れったい感じが気持ちいい……ということを教えてくれたのは、他ならぬ賀門だ。

やがて昏で挟んだものが、徐々に弾力を帯びてきた。自分の熱意の効果を実感できるのは、励みになるし、やっぱり嬉しい。むくむくと育っていく欲望に比例して、自らの興奮もじわじわ高まっていくのがわかる。

さらなる成長を促すために手を添えた。括《くび》れの部分を指の腹でさすり、全体を柔らかく包み込むようにして扱《しご》く。

(わ……すごっ)

効果覿面《てきめん》、みるみる大きくなってきた。それこそ手に取るようにわかる如実な反応が楽しくて、夢中で口と手を使っていると、ついには布地に収まり切らなくなってくる。

「……っ……」

賀門が頭上で苦しそうな息を吐いた。見るからにキツそうな雄を解放するために、迅人は唾液で湿った下着を引き下げた。とたんに逞しい漲りが飛び出してきて、べちっと音を立てて顔に当たる。

「っ……てっ」

「おっと、すまん。悪かった」

謝った賀門が迅人の頬を手のひらで軽く叩いた。

「けど、おまえのせいだぞ。……気持ちよくし過ぎだ」

「気持ち……いい？」

上目遣いに窺《うかが》う迅人に、賀門が双眸《そうぼう》を細める。

「ああ……本当に上手くなったな。いきなり奥まで突っ込んで涙目で咽せてたやつと同一人物とは思えねえ」

甘い声でつぶやき、よくできたとばかりに頭をぐりぐりと撫でる。

賀門に誉《ほ》められると嬉しくて、背中から腰にかけてがむずむずする。

もっと誉められたい。

もっともっと気持ちよくなって欲しい。

その欲求のまま、迅人は隆《りゅう》と天を仰いだそれを片手で摑み、亀頭に顔を寄せた。先走りで濡れた窪みに舌先で触れてから、亀頭全体をぺろぺろと舐《な》める。賀門が息を詰めるのがわかった。次に張り出たエラの下の括れた部分に舌を這わせ、ちろちろと周囲を刺激する。頭上からふぅっと熱い息が零れてきて、恋人が快感を得ているのがわかった。

どれも、賀門にしてもらったことをなぞっているだけだ。

迅人のカラダは賀門しか知らない。迅人に多少の性戯《テクニック》があるとすれば、一から十まで賀門仕込みだった。その点実によく飼い慣らされていると自分でも思う。

口を大きく開き、亀頭からゆっくりと口腔内に受け入れ、喉を突く寸前で止めて、舌での愛撫を再開した。浮き出た血管の隆起を舌先で辿りながら、時折唇を窄《すぼ》めてじゅぷじゅぷと出し入れする。

さらに口戯と同時に手で袋を摑み、球を転がすように愛撫した。とろりとした粘液が舌先に触れる。クレソンが苦手な迅人だが、賀門のものだと思えば青臭くてえぐみのある味すら愛おしい。

賀門が快感から意識を逸《そ》らそうとするかのように、迅人の髪や耳や頰に触れてくる。グルーミングに似た手の動きが気持ちよくて、迅人はうっとりと目を細めた。

大きく笠を張ったカリで口の中の性感帯を刺激されて、鼻から甘い息が漏れる。ついには口腔内に収まり切らない質量となった怒張を持て余し、唇の端から唾液が滴《したた》り、喉へと伝った。

「ふ……んっ……んっ」

苦しくて喉が鳴る。眦《まなじり》に涙が滲んで、添えていた手が震えた。顎が痺れて……怠《だる》い。

(も……無理)

これ以上大きくなったら口からはみ出ちゃう。

音《ね》を上げかけた時、賀門が迅人の肩を摑み、ぐいっと引き剝がした。ずるっと口の中から屹立が抜け出る。

「……っ」

顔を上げた刹那《せつな》、賀門と視線が合った。

灰褐色の瞳の奥に、ゆらゆらと陽炎《かげろう》のような昏《くら》い光が揺れている。

きつく寄せられた眉根と、引き締められた口許。苦しげな表情にぞくっと背筋が震えた。

ジン……と甘い電流が背中を走り、腰が重く痺れる。

(……あ)

濡れたのがわかって、迅人は小さく息を呑んだ。ヤバイ。しゃぶっただけで、こんな……。

顔が火照り、喉が急激に渇く。目を逸らそうとして、大きな手に顎を摑まれた。射るような視線に囚われる。

「なんだ？　エロい顔して」

「……う……」

「俺のをしゃぶっただけで感じたのか？」

低く追及しながら、もう片方の手を伸ばしてきた賀門が、迅人の股間をぎゅっと摑んだ。

「アッ……」

「おい、もう先っぽ濡らしてんじゃねぇのか？　どんだけエロいんだよ？」

低音で詰《なじ》られ、顳顬《こめかみ》から頰にかけてがじわりと熱を孕む。

「だ、だって……」

「なんだよ？」

「だって士朗が……好き……だから」

たどたどしい返答に、くっと賀門が眉間に皺を寄せ、ちっと舌打ちを落とした。

「駄目押しか？　ただでさえ余裕ねぇっつーのに」

言うなり迅人の腕を掴み、少し乱暴に引っ張る。迅人の体半分をソファの座面に引っ張り上げておいて、自分は逆に立ち上がった。体勢を入れ替えられ、俯せに座面に押しつけられる。

「な、何？」

抗う間もなく、背後から大きな体が覆い被さってきた。

前に回ってきた手が素早くベルトを外し、下着ごとジーンズを引き摺り落とす。剝き出しになった尻の狭間《はざま》をこじ開けるように、いきなり指を差し入れられ、「やっ……」と声が出た。嫌がったけれど、賀門は「暴れんな」と諭《さと》すように言ってさらに奥まで指を入れてくる。勃《た》ち上がった先端から滴ったカウパーを中に塗り込まれて、ぬぷぬぷと指を出し入れされた。

「んっ……んっ」

あやすような抽挿《ちゅうそう》に、固く閉じた窄まりが、少しずつ解れていく。中からの刺激で、いよいよペニスも硬度を持った。

頃合いを見計らってか、指を引き抜かれる。代わりに硬く勃起した欲望を宛がわれ、迅人はびくんっと身を震わせた。

とっさに体を捩《よじ》りかけ、両手を摑まれる。座面に肘をついた状態で上半身を固定されて、ぐぐっと後孔を押し開かれた。

「あぁっ」

仰け反った喉から悲鳴が迸《ほとばし》る。

「や……む、り……無理っ」

首を左右にぶんぶんと振った。涙がぶわっと盛り上がる。その間も、張り詰めた亀頭に身を割られ、じりじりと灼熱の楔《くさび》を呑み込まされた。

「あっ……あっ……」

「力、抜け。そんな力んでちゃ入らねぇよ」

はぁはぁと浅い呼吸を繰り返す迅人の首筋に、あやすようなくちづけを落とし、賀門が挿入の衝撃に萎《な》えたペニスを握る。ゆるゆると扱き上げられ、擦られた場所からじわっと快感が生まれて強ばりが緩む。少しずつ身を進めた賀門が、最後は一気に根元まで押し込んできた。パンッと肉と骨がぶつかる鈍い音が響く。

「……は……ふ」

真冬なのに全身汗だくで髪まで湿っている。背後の賀門も呼吸が荒い。そして何より、下腹部をいっぱいいっぱいに占拠しているものが燃えるように熱かった。

(士朗が……お腹の中でドクドク脈打ってる)

「……熱……い」

「おまえん中もすげー熱いぞ。きつくって……なのに柔らかい」

めちゃめちゃ気持ちいい——と伝えてくる声が官能を孕んでセクシーで、繋がっている場所がじんわりと疼《うず》く。

「動くぞ」

少し急《せ》いた口調で耳許に囁いた賀門が、すぐに動き始めた。ずぷっと押し入られ、ぬるっと引

かれて、恋人が刻むリズムに陶然と身を任せる。

浅く、深く、やさしく、強く。時に速く、時に緩やかに……。

緩急と強弱を巧みに使い分けた抽挿は、迅人の快感を的確に引き出し、高めていく。

とりわけ感じる弱みを硬い切っ先で擦り上げられ、びくんっと腰が浮いた。

「あぁ、んっ」

「ここが気持ちいいか？」

「ん、んっ……気持ち……いい」

ズクズクと奥を突かれて「あっ……あっ」と濡れた嬌声《きょうせい》が零れる。完全にエレクトしたペニスからは愛液が溢れ、涎《よだれ》のように糸を引いて滴る。

「よ、汚しちゃう……」

心配して訴えたら、苛立った手つきで腰を摑まれ、ズッと強く穿《うが》たれた。

「ひぁっ……」

白い喉が大きく反る。

「まだそんなこと気にする余裕があるのか？」

低い声が耳殻《じかく》を嬲《なぶ》り、責め立てるように猛った杭を打ち込まれた。恋人の激しさに翻弄され、迅人は縋るようにソファの座面にカリカリと爪を立てる。

こと「発情期」においては、少し乱暴で猛々しいくらいのほうが、より感じるし、迅人の悦《よろこ》びが深いことを、賀門は知っているのだ。

「ひっ……あ、んっ……あっ……し、士朗っ」

背中を弓なりにしならせ、自分を苛《さいな》む恋人の名前を呼ぶ。一刺しごとに高まっていく射精感に、中がきゅうっときつく収縮するのがわかった。

「くっ……」

耳許で苦しそうな呻き声が聞こえ、なおいっそう抽挿が苛烈《かれつ》になる。

「あ……も、っ……もう……イクッ……イッちゃう、よぅ……っ」

眼裏が白く光ってぶるっと全身が震えた直後、迅人はずるずると前のめりに頽《くずお》れた。座面に突っ伏した迅人に覆い被さりながら、賀門がゆっくりと腰を動かす。ほどなく最奥で恋人の熱が弾けるのを感じた。

自分の中が熱い放埒《ほうらつ》でたっぷりと濡らされていく感覚に、ピクピク全身が痙攣《けいれん》して——。

「は……あ……」

息を整えていると、骨張った手で顎を摑まれ、顔を捻るようにして唇を塞がれた。ちゅっ、ちゅっと啄《ついば》まれる。迅人も熱い唇を吸い返した。

「……迅人」

唇を離した賀門に今度はぎゅっと強く抱き締められる。

「し……ろ」

まだ鼓動が速い大きな胸に包み込まれ、愛してると囁かれて——迅人は心の底から幸せな吐息を零した。

2

立花侑希《ゆうき》が神宮寺家の一員となって二年目の年が暮れ、新しい年が明けた。

神宮寺家で迎える正月も二度目ともなれば、幾分その慣習にも馴染んで、昨年よりは落ち着いた心持ちで新年を迎えることができた。

東京は本郷《ほんごう》に広大な敷地を有し、どっしりと風格のある日本家屋を構える神宮寺家は、近隣の住人で知らぬ者はいない旧家だ。

苔《こけ》むした瓦葺き屋根と石造りの塀、鬱蒼《うっそう》と生い茂る竹林、築百有余年を数える母屋など、歴史的価値が高い建物もさることながら、そこに住む住人が任俠を生業とすることも、「神宮寺のお屋敷」を特別なものとして周囲に認知させている要因だった。

江戸末期から続く任俠組織「大神組」を束ね、代々受け継いだ上野《うえの》から浅草《あさくさ》一帯の縄張りを、今もしっかりと護《まも》り抜いているのが、神宮寺家の現当主——神宮寺月也《つきや》。

その片腕であり、神宮寺家をいにしえより護り続ける御三家の一翼であり、月也の亡き妻の弟でもある岩切仁《いわきりじん》。

月也の次男である神宮寺峻王。

そして、教師と教え子の関係にありながら峻王と恋仲になった自分——立花侑希。

現在、屋敷の住人はこの四名。他に通いのお手伝いさんの女性がひとりと、下働きをしてくれる初老の男性がひとりいる（この男性はかつて大神組の組員だったようだ）。

一年前まではもうひとり、月也の長男で峻王の兄である迅人が同居していたが、彼は今日本を離れ、英国のコッツウォルズに恋人と住んでいる。

もっと昔は住み込みの舎弟が相当数いたようだが、今はそういったシステムをとっておらず、必要に応じて若い衆が泊まり込むことがあるくらいだ。

住み込み制度をやめたのは、どうやら近隣への配慮らしい。

確かに、お世辞にも人相がいいとは言えない若い組員が大勢寝泊まりして、昼に夜にうろうろするのは近所にとって迷惑だろう。こういった配慮が功を奏してか、今のところ周辺住民から排除運動が起きたりすることもなく、近隣との関係は良好なようだ。

朝、浅草にある組事務所に月也と岩切が「出勤」して、夜「仕事」を家に持ち帰ることもないので、普段の本郷の屋敷は至って静かなものだった。

その静けさが唯一破られるのが元旦。

この日ばかりは、お屋敷は人の出入りでにわかに騒がしくなる。「大神組」の組員や、関連組織の組長および幹部が、月也のもとへ新年の挨拶《あいさつ》に訪れるからだ。

昨年は何分初めての経験だったので、次々と黒塗りの車で乗り付けてくる、黒服や羽織袴《はかま》姿の男たちに圧倒され、侑希はほとんどものの役に立たなかった。

屋敷で暮らした一年で「大神組」の組員たちとは顔を合わせる機会もあり、気心の知れた若い衆も何人かできたが、他所の組織はそうはいかない。しかも、挨拶に来るのは大概が幹部連中だ。

中には組長もいる。

彼らはやはり、堅気とは一線を画す独特の威圧オーラを放っており、目つきも鋭い。

自分が何か粗相《そそう》をして客人を怒らせてしまったらどうしようかと、そればかりを考えてびくびくしているうちに一日が終わってしまった。

その反省も踏まえ、今年は気合いを入れて新年に臨《のぞ》んだ。

朝は日の出と共に起床し、湯浴みをして、新調した紬《つむぎ》の袷《あわせ》に着替えた。まだしつけ糸がついている新品だ。この屋敷に来るまで着物を着たことがなかったが、月也にお下がりを頂戴したりして、いつしか自然と身につけるようになった。着付けも、お手伝いのタキさんに教わり、今ではひとりで問題なく着ることができる。着慣れてしまえば、とても過ごしやすい衣類なのだという発見もあった。特に夏の浴衣は本当に涼しい。

姿見の前で長着を着て、角帯《かくおび》を貝の口に結んだところでコンコンとノックが響き、ドアの向こうから「先生」と声がかかった。

「峻王か？」

「入るよ」

言うなりドアが開く。

侑希が使っている部屋は、母屋と渡り廊下で繋がった離れにあった。二十畳ほどの洋室で、バス・トイレ完備、一角にキッチンもある独立した空間だ。

部屋に入ってきた若い男は、和装だった。

この二年でさらに成長し、今や百八十五を越える長身を、今朝は藍染《あいぞ》めの袷に包んでいる。肩がしっかりあって胸板も厚いので着物がよく似合う……と思うのは、惚れた欲目だけじゃないはずだ。幼少の頃から折に触れて身につけてきただけあって、年の割に着姿がこなれている。

弱冠十八歳とは思えない迫力に、その類い希な美貌も一役買っているかもしれない。くっきりと濃い眉と、強い輝きを発する漆黒の双眸。鋭利で鋭い鼻梁。肉感的な唇。

もともと顔立ちは並外れて整っていたが、ここ最近は頓《とみ》に野性味が増し、成熟した男の色気も纏《まと》うようになってきた。私服で歩いていれば、未成年にはとても見えない。

ちまたの誰より大人びた高校三年生は、この春に推薦での大学進学が決まっている。

本人は例によって自分の進路には無関心で、「大学？　行かねぇよ。めんどくせー」と有名大学進学率を上げたい進路担当の事務方を青ざめさせていたのだが、侑希が宥め賺《すか》してなんとか進学を決めさせた。

いずれ組を継ぐにせよ——本来跡目を継ぐべき長男が出奔《しゅっぽん》した今、その可能性は高いが——父親の月也はまだ充分に若いので、世代交代はだいぶ先になる。それまでの間、できるだけ多様な人生経験を積むことが、峻王の血となり肉となると思ったからだ。

ＩＱが驚異的に高く、スポーツ、学業とずば抜けた能力を持つ峻王だが、ただひとつ苦手なのはコミュニケーション。侑希と共に暮らすようになってからは、周囲を故意に遠ざけることはなくなったが、かといってクラスメイトや教師などに興味を持つことはほとんどない。相変わらず、学校でも家でも侑希にべったりで、侑希さえいれば満足とでもいうように、他者と積極的に関わろうとしない。

今はそれでいいが、いずれ組のトップに立つからには、人心掌握力は必要不可欠だ。あまりに唯我独尊《ゆいがどくそん》では、いくら神宮寺の直系でも組員はついてこない。

コミュ力を高めるためにも、大学に進学して様々なタイプの人間と関わるべきで、組長修業はそれからでも遅くない。

（第一、修業する必要ないほど、そっちは適性ばっちりだしな）

生まれついて俺様な恋人を複雑な心持ちで見つめていると、当人が大股で近づいてきた。少し手前で足を止め、侑希を上から下までじろじろと見る。不躾《ぶしつけ》な視線にレンズの奥の目を細め、侑希は眼鏡をずり上げた。

「なんだよ？」

「……新しい着物？」

「ああ。暮れの賞与で仕立てたやつだ。今日はたくさんお客さんが来るから新しいのを下ろした」

「ふーん」

何が気に入らないのか、峻王が眉をひそめて唇を歪める。

「だからなんだよ？」

「その格好で客の前に出るのか？」

「……変か？」

どこか着付けがおかしいのだろうかと不安になって問うと、片手を伸ばしてきた。やおら大きな手で尻を鷲摑みにされ、喉から「ひゃっ」と変な声が飛び出る。

「な、何するんだっ」

あわてて体を捻って不埒《ふらち》な手をぺしっと振り払った。

「ケツがエロい」

「はぁ!?」

不機嫌そうな顔を見上げて、侑希は素っ頓狂《とんきょう》な声を出す。

「何言って……」

「ちゃんと下着穿《は》いてるか？」

「は、穿いてるよ。薄地のだけど……」

着物にラインがひびかないように薄い生地の下着を着用したのだが、どうやらそれが気に入らないらしい。

「あんた、ただでさえ無意識に誘惑フェロモン出してんのに、さらにケツのライン強調させてんじゃねぇよ」

「ちょ……待ってくれ！」

まるで自分がわざとボディラインを際立たせているかのような、とんでもない言いがかりに、侑希は憤慨《ふんがい》した。

「強調なんかしていない！」

だが峻王は抗議を取り合わず、「してなくてもなってんだよ」と決めつけてくる。

「そんなエロい腰、他の男に見せるなんてとんでもねぇぞ。今日来る客の中には好き者のジジイだっているんだからな。——羽織」

「え？」

「羽織、持ってんだろ？　貸せ」

命じられた侑希が、むっとしつつも衣桁《いこう》に掛けてあった羽織を取って戻る——と、峻王が奪い取るように手に取って、背後に回り込んだ。羽織を広げ、「ほら、腕通せよ」と促す。袖を通した両脇から、峻王が手を前に回し、羽織の前紐を結んだ。

「よし、これでケツも隠れた」

満足そうにパンッと尻を叩く。

「痛いって」

文句を言う侑希を、ぎゅっと後ろから抱き締めてきた。

「……峻王」

侑希は咎めるニュアンスで名前を呼んだ。

「これからお父さんに挨拶に行くんだから」

「わかってるよ」

不満そうな声が耳殻を擽る。ぺろっと舌で耳の裏を舐められて、ひくっと体が震えた。さらに、尖った犬歯を耳の上の硬い軟骨に当てられ、ぴりっと甘い痛みが走る。

「………っ」

「あんたが悪い。朝っぱらからエロい格好で俺を挑発しやがるから」

また濡れ衣かと呆れたが、恋人の独占欲に胸が甘く疼くのも紛れもない事実で……。

「駄目だ……峻王」

ともすればこのまま流されてしまいそうな自分に抗い、侑希は峻王の腕を掴んだ。まだ舌でちろちろと耳殻を嬲り続けている男に「放せ」と命じる。飼い犬に対して「待て」を指示する声音だ。

「こら――放しなさい」

ちっと舌打ちが落ち、「今夜、覚えてろよ」と囁いたのちに、峻王が漸く拘束を解いた。ほっと息を吐き、不遜な恋人を横目で睨《にら》む。

（まったく油断も隙もない）

三百六十五日、二十四時間発情モードで、どこでもいつでも押し倒そうとするのは、一緒に暮らし始めて二年経つ今も変わらない。時間が経てば少しずつ収まっていくものかと思っていたが、まったくそんなことはなく、むしろ日を追って執着が激しくなっていくようで。

それはそれで嬉しくないと言えば嘘になるが、元旦の朝っぱらからサカるのはやはり自分の躾けがなっていない気がする。侑希は己に言い聞かせた。

一年の計は元旦にあり。

今年も飼い主として、若き狼王を厳しく躾けていかなければ。

離れにある自室を出た侑希は、峻王と連れだって母屋へ渡った。母屋で一番広い主座敷へと向かう。

襖《ふすま》を開けると、神棚のある主座敷には、すでに月也と岩切が座していた。

ほっそり痩身《そうしん》の月也と、百九十近い偉丈夫の岩切。実に対照的な体格だが、本日はどちらも結《ゆう》城紬《きつむぎ》の袷を身につけている。侑希と九つ違いの月也はもうすぐ三十七になる計算だが、まるでそうは見えなかった。相変わらず年齢不詳で、十九と十八の息子を持つようには見えない。

峻王は並外れた容貌の持ち主だし、兄の迅人もかなりの美形だが、彼らの父は、さらにその上をいっている。眦が切れ上がった杏仁型《きょうにんがた》の双眸と薄赤い唇が、白くて小さな貌に絶妙なバランスで収まる様は、まさに妖艶《ようえん》と言ってもいい美しさだ。これこそ特殊な血のなせる業《わざ》だろう。

床の間を背後に座す当主と側近の前へ進み出た峻王が、畳に膝をついて正座をした。それに倣《なら》って、侑希も峻王の左隣りに座す。

まずは、背筋をすっと伸ばした峻王が新年の挨拶を述べた。

「新年あけましておめでとうございます」

月也が軽くうなずき、岩切も「おめでとう」と返す。続けて侑希も「新年あけましておめでとうございます。本年もよろしくお願い申しあげます」と挨拶した。

「先生、こちらこそ、本年も峻王をよろしくお願いします」

凛と透き通った声で月也にそう返され、侑希は「はい」と大きくうなずく。

二年前――平凡な数学教師であった侑希は、とある経緯から教え子の峻王の『秘密』を知ってしまった。そのことを御三家に覚られて、一度は死を覚悟した。だが、一族の長である月也の決断で延命を許され、生涯において『秘密』を守り通す約束と引き替えに、この神宮寺家に入った。

あの日、天涯孤独だった自分は、生涯の伴侶と新しい家族を得たのだ。

あれから二年。

一年前には、長男の迅人が高岡組の組長・賀門と駆け落ちするという一大事件もあったが、彼が抜けた喪失感を除けば、この一年間は比較的穏やかな日常が続いていた。

大神組を狙う宿敵『東刃会《とうじんかい》』からの目立った横槍もなく、小さな波風はあったものの、総じて平穏な時間が過ぎていったように思う。

その間侑希は、親元を離れた迅人の穴を埋めるべく、なるべく月也の話し相手をするように心がけてきた。もちろん実の息子の代わりができるなどとは思わない。そこまで思い上がってはいないが、できるだけ月也が寂しさを感じないように心を寄り添わせたかった。

月也は、一族が失うものの大きさを重々承知の上で、種の存続に逆らうような自分と峻王の関係を許してくれた。彼の許しがなかったら、自分は今ここにいない。愛する伴侶と暮らす幸せを知ることもなかった。

それを思えば、どれだけ感謝してもし足りない気がする。

改めての謝念を嚙み締めていると、さやかな眼差しを侑希に向けていた月也が、赤い唇を開いた。

「昨年は峻王のみならず、私も先生に助けていただくことが多々ありました」

「……月也さん」

「御礼を申しあげます。節目節目で先生に支えられました。……先生が側《そば》にいてくださってよかった。心から感謝しています」

思いがけない言葉に瞠目して、やがて胸の奥がじわりと熱くなる。

こんな自分でも……少しは役に立てたのだろうか。

「そんな……私こそ……」

声を詰まらせていると、傍らからすっと手が伸びてきて、太股の上の侑希の手に重なった。顔を横向け、漆黒の双眸と目が合う。慈愛を浮かべた目が、よかったな、と笑んでいた。

(……峻王)

小さな咳払いが聞こえ、月也の右斜め後ろに控える岩切が低く、「先生、俺からも御礼を申しあげます」と言った。

「岩切さん」

数百年に亘《わた》って神宮寺一族の『秘密』を担い、護ってきた御三家のひとりである彼の労《ねぎら》いの言葉に、不意を衝かれる。

御三家にとって自分の存在は、本来障害でしかないはずだからだ。

「先生のおかげで峻王は大学進学を決めた。月也さんも我々御三家も、できれば大学に行って欲しかったが、ご存じのとおり、人の説得を素直に聞くやつじゃない」

叔父の指摘に峻王が軽く肩を竦めた。反論する気はないようだ。

「半ば諦めかけていたところ、先生が諭してくださった。助かりました。峻王にとって大学生活はまたとない社会勉強の場になるはずです」

やはり月也も岩切も、峻王の社会性の欠如に危惧を抱いているのだろう。先を思えばそれも当然だ。

だが当の峻王は、周囲の大人たちの懸念などどこ吹く風だった。

「社会勉強なんかどーでもいい」

傲慢《ごうまん》に言い放ち、侑希の手をぎゅっと握る。

「今でも先生との時間が減るのは嫌なんだ。けど、このひとが『大学行かないと夜這い禁止』とか卑怯な脅し文句使いやがるからさ」

恨みがましい声で恥ずかしい取引内容を暴露され、侑希はカッと赤面した。

「お父さんの前で余計なことを言うな……っ」

「まぁ理由はなんでもいい。きちんと通ってさえくれれば」

幸い、岩切が苦笑混じりにフォローしてくれ、月也もやや呆《あき》れ顔ではあったが、「そうだな」と同意してくれた。

「……すみません」

消え入りそうな声を膝に落とした侑希は、まだ自分の右手を握っている峻王の手を、左手でぺチッと叩く。顔をしかめた峻王が、侑希の視線の威嚇《いかく》に渋々と手を引っ込めた。

その様子を眺めていた月也が、口許にかすかな笑みを浮かべて告げる。

「もはや峻王は先生の言うことしか聞かない。今年も息子の操縦は先生にお任せします」


入れ替わり立ち替わり年始の挨拶に訪れる来客を出迎え、主座敷に案内し、帰りは玄関まで見送ることを繰り返し——夜は夜で組員を招いての宴会の準備と後片付けに忙殺されて、二年目の元旦が終わった。

相当に疲れていたらしく、その夜はベッドにいつ入って、いつ眠ったのかも記憶にないほどだった。さすがに夜這いが日課の峻王もかわいそうだと思ったのか、「今夜、覚えてろよ」と言っていた割に、部屋に忍んでこなかった。

翌二日。

今日は月也たちが各事務所に挨拶に出向く日で、屋敷に来客の予定はない。なので侑希は峻王と初詣に出かけることにした。

今日もふたり揃って着物と羽織を着る。お参り先は、大神組の事務所があり、縄張りでもある浅草の浅草寺《せんそうじ》だ。

昼前に屋敷を出て、浅草の馴染みの蕎麦屋でゆっくり昼食を取り、二時頃、雷門《かみなりもん》へ向かった。

三が日だけあってすごい人出で、ただでさえ道幅が狭い仲見世《なかみせ》通りを歩くのに、普段の倍の時間がかかる。前も後ろも右も左もぎっちり人だ。

嗅覚が並外れて鋭いせいで人混みが苦手な峻王は、露骨に顔をしかめていた。まだ匂いのキツい夏じゃないのが救いだろう。

のろのろ歩きで宝蔵門《ほうぞうもん》をくぐり、さらにまた参道をカメの歩みで進み、漸く本堂に辿り着く。

参拝客で溢れる境内の、人波をかいくぐってなんとか本堂に近づき、お賽銭《さいせん》を投げ入れてお参りをした。

峻王を含めた家族と身内の健康と、英国にいる迅人と賀門の無事をお願いして、最後に世界平和を祈願する。一揖《いちゆう》して顔を上げると、傍らの峻王はまだ熱心に手を合わせていた。

少し意外な気分で、整った横顔を見つめる。

ややして目を開けた峻王が深く一礼し、侑希を顧《かえり》みた。「行こうか」というふうに顎をしゃくられて踵を返す。

「随分と熱心にお祈りしてたな」

「まぁな」

「何を祈っていたんだ？」

「……迅人のこと」

やっぱりそうか。

「離れてるから神頼みするしかねぇっつーか」

「……そうだな」

絶滅の危機に瀕《ひん》した種族の末裔である兄弟は、血の繋がり以上の強い絆で結ばれている。侑希と出会うまで、他人に興味のない峻王にとっては、血を分けた兄の迅人がすべてだった。運命共同体で、言わば半身のような存在。

それでも、いや、だからこそか。迅人が賀門と逃げる際、峻王は兄の出奔を自ら補助した。おそらくは、迅人の言動から兄の本気を感じ取り、賀門の覚悟を認めたからだろう。賀門は迅人を深く愛しているし、その『秘密』を知っても怯まなかった。また、迅人を護るだけの度量もある。

しかし、だからと言ってまるで不安がないわけではない。

人狼である迅人が、ホームグラウンドを離れて生きていくのにどれほどのリスクが付きまとうのか、正確には誰にもわからない。いにしえより御三家に護られてその生を紡いできた人狼が、彼らの庇護《ひご》なく果たして生きながらえるのか。

迅人から時折メールで連絡が来て、文面から元気でやっていることは伝わってくるが、やはり、その無事を祈らずにはいられないんだろう。その気持ちは自分も同じだからわかる。

そんなことをぼんやり考えていると、隣りを歩く峻王が不意に足を止めた。感覚を研ぎ澄ませているかのような鋭い目つきでその場に佇んでいたが、ほどなく方向転換して歩き出す。

「峻王？　おい、どうしたんだよ？」

人波を掻き分けてどんどん先へ行ってしまう峻王を、侑希はあわてて追った。下ろしたての雪《せっ》駄《た》なので、いささか歩きづらい。

「すみません、ちょっと……すみませんっ」

出店の間を通り抜けていく峻王の背中を追って、人を掻き分け掻き分け、しばらく進んだ。やがて出店が途切れ、人混みも途切れる。峻王は迷いのない足取りでまっすぐ植え込みに近づいていく。そのうち侑希の耳にもか細い泣き声が聞こえてきて、植え込みの陰に蹲《うずくま》っている五歳ぐらいの女の子が見えた。周囲に保護者らしき姿はない。

（迷子？）

音声放送やたくさんの人の声が混じり合った喧噪《けんそう》の中から、このか細い泣き声を聞きつけられるとは、さすが人狼の聴覚だ。

しくしく泣いている女の子を覗き込むように身を屈め、峻王が「どうした？　迷子か？」と尋《たず》ねる。女の子は一瞬びくっと震えたが、峻王の目をじっと見上げ、こくんとうなずいた。

「ママ……いなくなっちゃった。お便所行ったの……そしたらいなくなっちゃった」

たどたどしく訴えながらまた悲しくなったのか、ふぇーんと泣き出す。

「あー……泣くなって。よしよし、大丈夫だから。今、一緒にママを探してやるから」

あやすように女の子の頭を撫でた峻王が、袂《たもと》から手ぬぐいを取り出し、「ほら」と顔の前に差し出した。女の子が手ぬぐいでチーンと洟《はな》をかむ。やっと泣きやんで立ち上がった彼女の手を握る峻王に、侑希は歩み寄った。

「お嬢ちゃん、お名前は？」

「ルミ」

「ルミちゃんか。今、ママ探すからね」

頭を撫でて、侑希は峻王に尋ねる。

「どうする？　確か二天門《にてんもん》の近くに交番があるはずだけど、詰め所のほうが近いか」

「そうだな。この人混みじゃ反対側に行くのも一苦労だ」

「詰め所で放送してもらうのが手っ取り早いかもしれない」

ふたりで相談して、本堂の詰め所まで行くことにした。途中人混みを避けるために、峻王が肩車をしてやると、女の子が「しゅごいしゅごい～！」と興奮した声を出す。さっきまでめそめそ泣いていたのが、すっかりご機嫌になっている。泣いたカラスがもう笑った、というやつだ。

「あんま暴れんな。落ちるぞ」

「お兄ちゃん、高い～高い～！」

「ルミちゃん、危ないから脚、バタバタしちゃ駄目だよ。あ……あそこじゃないか？」

詰め所の手前で女の子を肩から下ろし、浅草寺の事務員を探していた時だった。

「ルミ！」

若い女性の声が響く。女の子が素早く反応して、声のほうに顔を向けた。

「ママッ！」

女の子が峻王から離れ、二十代後半くらいの母親に駆け寄る。抱きついた娘を母親がぎゅっと抱き締めた。

「どこにいたの!?　いなくなっちゃうから心配したのよっ！」

「ママ～……ママ～」

ほっとしたせいか、また泣きべそを掻く娘の頭や背中をあやすように撫でてから、母親が顔を上げてこちらを見る。

「すみません。娘がご迷惑を……」

「お子さんが植え込みのところでひとりで泣いていらしたので、迷子放送をしてもらおうかとここに連れてきたんですが、ちょうどお母さんとお会いできてよかったです」

侑希の説明に、母親が「ちょっと目を離した隙に姿が見えなくなってしまって……連れてきてくださって助かりました。ありがとうございました」と深く頭を下げた。

「ルミ、あなたもお兄ちゃんたちにありがとうしなさい」

母親に促された女の子が「お兄ちゃん、ありがとう」と言って、ぺこりとお辞儀をする。

「ママ見つかってよかったね、ルミちゃん。もうママから離れたら駄目だよ」

侑希の言葉にこくっとうなずいた女の子が、次に顔を上向かせてじっと峻王を見つめた。

「お兄ちゃん」

「もう迷子になるなよ」

「……うん。……高い高いしてくれてありがと」

峻王がふっと笑って、女の子の頭に手を置く。ぽんぽんとやさしく触れたあとで「じゃあな」と言った。

「お兄ちゃん、バイバイ」

「バイバイ」

母子と手を振り合い、詰め所をあとにする。峻王の隣りに並んで侑希はつぶやいた。

「早めに母親が見つかってよかった。かわいい子だったな」

「……ああ」

うなずく峻王をちらっと横目で見る。

子供と接するのを初めて見たが、意外にもあしらいが上手いことに驚いた。子供も怖がることなく懐いていた。子供は本質を見抜くと言うから……。

(こう見えて案外、子煩悩《こぼんのう》な父親になるんじゃないのか。そういや子供欲しがっていたしな)

ふっと脳裏を過《よぎ》った思考に引き摺られ、過去の峻王の台詞《せりふ》がリフレインしてくる。

——そろそろできねぇかな？　侑希と俺の子供。

——そろそろ孕んでもいい頃だと思うけどな。こんだけ毎日やってんだし。

——あんたと俺の子だったら、絶対めちゃめちゃかわいいぜ。

一緒に暮らし始めてしばらくの間、毎日のように「子供が欲しい」とせがまれていた。

はじめは冗談なのかとも思っていたが、どうやら本気らしいと徐々に気づき——無邪気な「おねだり」に困り果て、ついに「男同士だし、俺は普通の人間だし……子供は無理だよ」と告げた。

峻王はがっかりしつつも一応は納得して、以来「子供」の話はしなくなったが。

(……子供、か)

自分だってできることなら産んでやりたい。でもこればっかりは無理だ。天地がひっくり返っても無理。いくら人狼の峻王が相手で、男同士であることを脇に退けたとしても、自分がただの人間である限りは不可能。

ごくたまにだが、ふとした折に、峻王の「つがいの相手」が自分じゃなくて女性だったら……と想像することがある。

そうすれば峻王は子供を作ることができた。

（一族の子孫を残すことができた）

普段は胸の奥底に封じ込めている苦い思いが、じわじわと染み出してくるのを感じる。

峻王に続いて迅人までもが「つがいの相手」に同性を選んでしまった以上、このままだと神宮寺一族は滅びる。

人狼の血が絶えてしまう……。

月也も、『秘密』を知る御三家も、そうとわかっていても口に出すことはしない。出せば、自分を責めることになるから、少なくとも自分の前では黙っている。

けれど一度だけ聞いてしまった。

本郷の母屋の一室で、岩切と、やはり御三家の一翼であり、大神組若頭補佐の都築《つづき》が話しているのを、そうとは知らずに部屋の前を通りかかって立ち聞きしてしまった。

あれは、迅人が出奔して少し経った頃だった——。

『まさか迅人さんまでが男に走り、しかも駆け落ちするとは……』

日頃は冷静沈着な都築の、めずらしく焦燥《しょうそう》の滲んだ声。

『このままだと神宮寺家は絶えます。月也さんは「これも運命、なるようにしかならない」と静観する構えのようですが、我々御三家はそういかない。一族が滅びるのを手を拱《こまね》いて傍観するわけにはいきません。それではなんのために我々が存在するのかわからない』

『かといって峻王と立花先生を別れさせるのは無理だ。もしそんなことをしたら峻王は我々から離れ、はぐれ狼となり、二度と戻ってはこないだろう』

苦々しい低音は岩切だ。

『峻王さんが立花先生に対して本気の愛情を抱いているのは私だってわかっています。あのふたりを引き離そうとは思っていない』

『では、どうする?』

『要は子供です。一族の血を繋いでいくことが我々の一義。気持ちは立花先生に置いたままで構わない。形ばかりの妻を娶《めと》り、子供さえ産ませればいいんです。子供ができたらすぐ離縁したっていい』

『立花先生には話せばわかってもらえると思うが……峻王が納得するとは思えない。あいつは、立花先生を悲しませるような真似は絶対にしないだろう』

『ではこのまま、ただ諾々《だくだく》と血が絶えるのを待つんですか?』

『…………』

それ以上は心が耐えられず、逃げるようにその場を離れてしまったので、ふたりの間でどういった結論が出たのかはわからない。

けれど、数々の修羅場をくぐり抜けてきた岩切と都築にしても、対処しあぐねる非常事態なのだということはわかった。

神宮寺の血は、ただの血じゃない。

日本に……下手をすれば世界に唯一生き残る人狼の血だ。

本来ならば、何を犠牲にしても最優先で残さなければならない特別なDNA。

たかが自分ひとりの心情などを慮《おもんぱか》っている場合じゃない。

やさしいみんなが言い出せないのならば、自分から切り出すべきなのではないか？

自分が説得すれば峻王だってもしかしたら……。

「どうした？」

思い詰めていたところに横合いから声をかけられ、侑希ははっと我に返った。

「あ……」

「何さっきから怖い顔で黙り込んでんだよ？」

緩慢に瞬きをし、訝しげな問いかけに首を横に振る。

「ごめん……ちょっと考え事してた」

「考え事？」

いつの間にか境内を抜けていたらしく、気がつくと仲見世通りを歩いていた。相変わらずたくさんの人で賑《にぎ》わっている。普通に歩くのも一苦労だ。

「混んでやがんなー。ちょっと道外れようぜ」

峻王の誘導で脇道に逸れる。やっと少し歩行が楽になった。だが頭はすぐには切り替えられず、まださっきの疑念に囚われ続けている。何か楽しい話題を……と思うのだがとっさには浮かばなかった。焦るほどに胸が重苦しく澱《よど》んで、そのうちに顔も引き攣ってきて――。

「なんかあったのか？」

問いかけにぴくっと肩が揺れた。古い日本家屋の軒先で、峻王が足を止めてこちらに顔を向ける。

「なぁ……どうしたんだよ？」

覗き込まれ、反射的に目を逸らした。

「おい」

二の腕を鷲摑みにされて、苛立ったように揺さぶられる。

「こっち向けって！　ちゃんと俺の目を見ろ」

低い声の命令に仕方なく、視線を戻した。とたん、強い口調で促される。

「グジグジひとりで悩んでねぇで言えよ。言いたいことあるならはっきり言え」

まっすぐな眼差しで射貫かれ、とても誤魔化《ごまか》せそうにないと覚った。

それに……いつかは言わなければならないのなら、いい機会なのかもしれない。

侑希はこくっと喉を鳴らして乾いた唇を舐めた。ズキズキと疼く胸の痛みを堪《こら》え、おずおずと口を開く。

「おまえ……子供、欲しくないか？」

微妙に掠れた震え声に、峻王が眉根を寄せた。

「何？　いきなり」

「いきなり……じゃない。ずっと……考えていた。おまえは、その……子供を作るべきなんじゃないかって」

「…………」

「迅人くんがああいうことになって、このままだと跡継ぎが生まれない。神宮寺の血は特別だ。次の世代に繋げるべきだ。途絶えさせちゃいけない。みんな……月也さんも口には出さないけど、きっとそう思っている。岩切さんだって都築さんだって……」

「だから？」

言葉尻を奪うように遮られ、うっと息を呑んだ。漆黒の瞳に鈍い光が宿っている。

「みんなが望んでいるから？　先生が産んでくれるのかよ？」

「そ、それは……」

言葉に窮《きゅう》し、侑希はのろのろと項垂《うなだ》れた。

「無理だろ？」

頭上から落ちてきた冷ややかな声にきゅっと奥歯を噛み締め、顔を振り上げる。

「だ、だから、誰か女の人に……」

「いい加減にしろよっ」

低音の恫喝《どうかつ》に侑希はびくっと身を竦めた。

「ふざけんな！　何が女だ。あんた、俺があんた以外の女抱いても平気なのかよ!?」

「……………っ」

「どうなんだよ？」

掴んだ腕ごとぐいっと引き寄せられ、至近で凄まれる。侑希はくしゃりと顔を歪めた。喉元まで熱いものがぐぐっと込み上げてきて、嗚咽《おえつ》のような声が漏れる。

「嫌……だ。そんなの……嫌だ」

情けなくてみっともなかったけれど、どうしようもなかった。

神宮寺のためにそうすべきだという冷静な判断とは裏腹に、本当は峻王が他の女と抱き合うなんて想像しただけで体中が煮え滾《たぎ》って……震えて、苦しくて、どうにかなりそうで……。

腕をきつく締め上げていた力が緩み、「嫌ならはじめっから馬鹿なこと言うなよ」と舌打ち交じりの低音が諭す。拘束を解かれた侑希は弱々しく「……ごめん」と謝った。

「俺は神宮寺の家が俺の代で途絶えても構わない」

のろのろと視線を上げて、腹を据えたような闇色の双眸と目が合う。

「あんたを泣かしてまで存続させる価値なんかねぇよ。あんたがプレッシャー感じるってぇなら、別にふたりで家を出てもいい」

予想を超えた峻王の覚悟に息を詰めた。

（家族を……捨てて？）

「……そんなっ」

「いいか？　あんた以上に大事なものはない。あんたが捨てろって言うなら何もかも捨てる。親だって身内だって関係ねえ」

「……峻王」

「先生がこの世で一番大事なんだ」

この上なく真摯《しんし》な顔つきで峻王が言い募った。

「俺には、あんただけだ」

飾り気のないストレートな言葉が胸にずしっと突き刺さる。刺さった場所からじわっと「熱」が広がって、全身の体温が急激に上がった。

思わず、峻王の着物の袂をぎゅっと握る。目頭が熱くなってちょっと涙が出た。

若さ故の一途《いちず》な想いに、陶酔にも似た幸福感を覚える自分は利己的で醜《みにく》い。

突き放すことも、黙って身を引くこともできない自分は……弱い。

わかってはいるけれど。

「……ありがとう。……嬉しい」

素直に気持ちを言葉にすると、険しかった峻王の表情がふっと和らいだ。侑希の頭を乱暴に摑み、揺さぶる。

「次また妙なこと言ったら、たとえあんたでも許さねぇぞ」

「……うん」

ちゅっと頭の天辺にキスを落とした峻王が耳に唇を移動して囁いた。

「早く帰ろうぜ。……あんたが欲しくてたまらない」


腕を摑んだ峻王に引っ立てられるようにして本郷の屋敷に戻り、庭から離れの侑希の部屋に入った。離れの各部屋にはそれぞれ通用口がついており、ここを使えば母屋を通らずに直接部屋に出入りできるのだ。

ひとの部屋に勝手知ったる様子で上がった峻王にぐいぐいと腕を引かれ、パーティションで仕切られた寝室スペースに連れ込まれる。

独り寝にはどう考えても大きいサイズのベッドは、侑希の同居に当たって用意されたものだ。二年前の引っ越しの際、他の家財道具は以前アパートで使っていたものが運び込まれたが、ベッドだけはなぜか新調されていた。都築が手配したらしいが、当初はその大きさが見るからに「新婚用」で妙に恥ずかしかった記憶がある。

あれから——このベッドで何回峻王と抱き合っただろう。

同居以来、どんなに間が空いても二日が最高で、峻王はほぼ毎日侑希のベッドで眠る。だが我慢を覚え、侑希の体調を思いやることができるようになってからは、必ずセックスに至るということはなくなった。侑希が疲れていると察知すれば、朝までただ抱き合って眠る夜もある。

とはいえ、ところ構わずキス魔で、隙あらばしたがるのは相変わらずだ。
とりわけ今は「発情期」なので、本当はおそらく毎日どころか一日何回でも欲しいのだろう。

だが、昨夜は侑希が疲れているのを察してかベッドにも来なかった。ひとりのほうがゆっくり眠れると気遣ってくれたのかもしれない。

唯我独尊な俺様だが、本質的にはやさしいと思う。

少なくとも、出会った頃のような「人の皮を被ったケダモノ」状態から、日を追って人間らしくなっている。人としての著《いちじる》しい成長を感じる。

そんなことを考えている間にもベッドに押し倒され、手早く眼鏡と羽織、そして帯を取られてしまった。長着も剝かれ、絹の長襦袢《ながじゅばん》一枚になったところで峻王が動きを止める。

「……何？」

自分を組み敷く男を見上げると、肉感的な唇が開いた。

「着物のあんたとするの、初めてか？」

問いかけに、侑希は切れ長の双眸を瞬かせる。

言われてみればそうかもしれない。浴衣はあったかもしれないが。

だからなんなんだと思っていると、峻王が唇をにっと横に引いた。

「長襦袢ってなんかエロいな」

「エ、エロい？」

「絹だから体の線がくっきり出てさ。うっすら乳首とか透けてるし」

口許をにやつかせたまま、遠慮のない視線を向けられて、じわっと顔が熱くなる。

「馬鹿……っ」

腕を衝っぱねて遠ざけようとして、逆にその腕を摑まれ、上半身を引き上げられた。艶めいた美貌がアップになるのと同時に、唇が覆い被さってくる。

「んっ……」

不意を衝かれた隙に唇を割って舌がぬるっと口の中に入ってきた。

反射的に逃げようとした舌を搦《から》め捕《と》られ、クチュクチュと濡れた音を立てて嬲られる。舌先で口蓋をつつかれ、歯列をなぞられて、溢れた唾液が口の端から滴った。つーっと喉を伝って鎖骨の窪みに溜まる。

「……ふっ……んンっ」

侑希の体を隅々まで知り尽くしている恋人は、もちろん口の中の性感帯も把握している。どこが弱いのか、どこをどう愛撫されると感じるのか、熟知している峻王のキスは、さほど時間をかけずに侑希を芯からトロトロに溶かしてしまう。

銀の糸を引いて唇を離された時には、すでに体中の力が抜けていた。

「……は……ふ」

ぐったりとベッドに仰向けになり、胸を浅く喘がせていると、膝立ちの峻王が羽織を脱ぎ、床に投げた。次に侑希の腰紐に手をかけ、結び目を解く。そうしてから、長襦袢の合わせをバッと開いた。

「……っ」

冷たい空気が肌に触れて、ざっと粟立《あわだ》つ。肉の薄い胸を執拗《しつよう》な眼差しでじっくりと炙《あぶ》られた侑希は、頬をじわりと火照らせた。今更かもしれないが、恥ずかしいものは恥ずかしい。こっちばかり剝かれて、峻王は着衣のままというのが余計に羞恥を煽る。

やがて峻王が、そっと素肌に触れてきた。腹から胸へ、手のひらを滑らせるように撫で上げられて、背筋をむず痒い感覚が這い上がる。

「寒いのか？　鳥肌立ってる。……乳首も勃ってるな」

低い囁きを落としながら、芯を持った乳首に指で触れられて、ぴくんと体がおののいた。尖った乳頭を押し潰され、強弱をつけて引っ張られ、引っ掻かれる。そのたびにビクビクと全身が小刻みに震えた。

「ん……くっ」

峻王の愛撫で完全に勃ち上がった乳首から、じわじわと「熱」が広がっていく。とりわけ下半身に集まって、ほどなく下腹が重怠く熟《う》んできた。奥のほうがズクズクと疼いて……。

（……熱……い）

しかも、着物にひびかないように生地の薄い下着を穿いていたせいで、変化した欲望を目敏く見咎められてしまった。

「乳首だけで感じて硬くしたのかよ？」

揶揄《やゆ》するような低音にカッと顔が熱くなる。

「ちがっ……」

「じゃあこれはなんだ？」

ぎゅっと股間を握られて、ひっと喉が鳴った。峻王の骨張った手が、下着の上から侑希を愛撫し始める。指の腹で形をなぞるようにさすられ、弱い場所を爪でカリカリと引っ掻かれて、食い縛った歯と歯の間から甘い吐息が「ん、ふっ」と漏れた。じわっと先端から漏れたもので、下着にシミができたのがわかって、ますます羞恥が募る。

呆気ないほどたちまち、下着の中に収まっているのが窮屈になってしまった。

本当はさっき道端で「……あんたが欲しくてたまらない」と囁かれた瞬間から欲情していた。自分こそ欲しくてたまらなかった。反応が早いのはそのせいだ。

「すげえ……パンパンに膨《は》れてる」

「やっ……」

「お漏らしもすげぇし」

ぐいっと下着を引き下ろされ、ぶるんっと濡れた欲望が飛び出す。

「あっ……」

とっさに足を閉じて隠そうとしたが、その前に下着を脚から抜かれて両膝を摑まれた。ぐいっと大きく開脚させられ、恥ずかしい下半身を暴かれる。抗う間もなく峻王が手を伸ばしてきて、欲望を直に握り込んだ。

「ひぁっ」

侑希を包み込んだ大きな手が動き出す。ツボを心得た愛撫に、さらに鈴口から透明な蜜が溢れ、とろり、とろりと軸を滴り落ちる。愛液に塗《まみ》れた欲望が手と擦れるたびに、クチクチと淫《みだ》らな水音が響く。

「んっ……ん……あっ」

いつしか欲望は硬く張り詰め、下腹にくっつきそうなほどに反り返っていた。秒速で高まっていく射精感に瞳が濡れ、呼吸が忙しくなる。駄目押しのようにいっそうきつく扱かれて、差し迫った声が飛び出た。

「あ、……も、う……だ……め……で、る……出るぅ」

肌襦袢の上で身悶《みもだ》え、折り曲げた足の指先でベッドリネンを搔く。

背中を大きく反らし、ぶるっと大きく震えた直後、ついに弾けた。

「くっ……う……——ッッ」

放埒を手で受け止めた峻王が、指の間から零れた白濁をぺろっと舐める。双眸を細めてつぶやいた。

「美味い……先生のって甘いよな」

涙目で首を緩慢に振る。そんなわけがない。味なんかみんな一緒で……。

「……匂いも甘いし……なんか特別なフェロモン出してんのかね」

そんなことを言うのはおまえだけだ。

なんの取り柄もない平凡な俺に「特別」を感じるのもおまえだけ。

(俺には……おまえだけだ)

甘やかでいて胸が切なく疼くような感情を舌の上で転がしていると、絶頂の余韻でまだ力が入らない体を軽々と裏返された。ベッドリネンに顔が沈むと同時に尻を高く持ち上げられて、長襦袢を腰の上まで捲《めく》り上げられる。剥き出しになった尻を左右に割り広げられ、後孔を舌で濡らされた。ぴちゃぴちゃと舌を使う音が淫らに響き、侑希は奥歯を嚙み締める。

何度経験しても、こうしなければ恋人と繋がれないとわかっていても、慣れることはできない通過儀礼。

ぐっと押し入ってきた舌先に「ひっ」と声が漏れた。そんな場所を舌で濡らされる羞恥と衝撃に、リネンをぎゅっと摑んで耐える。

「ふ……んっ……はっ」

無意識に腰を揺らす侑希の後孔から舌をずるっと抜いた峻王が、その身をひっくり返した。向かい合わせになるやいなや、両の膝の裏を摑まれ、胸に膝がくっつくくらい深く脚を折り曲げられる。基本体は硬いのに、股関節だけ柔らかくなってしまった自分が疎ましい。

温《ぬる》んだ窄まりに充溢《じゅういつ》を押しつけられ、灼熱に息を吞んだ次の瞬間、ぐっと一気に貫かれた。

「アァ――ッ」

猛った欲望を根元まで埋め込み、熱を帯びた眼差しで自分を見下ろす峻王は、その黒い瞳に獰《どう》猛《もう》な征服欲を滾らせている。はだけた着物の袷から逞しい胸筋が覗き、汗で濡れた浅黒い肌が光っていた。

恋人でいっぱいに「満たされた」充足感に、侑希はうっとりとその名を呼んだ。

「……たか、お」

「……狭え」

峻王が男らしい眉をひそめる。唇をちろっと舌先で濡らして「動くぞ」と宣言した。

「あっ……あっ」

ゆさゆさと揺さぶられて高い声が漏れ、視界がぶれる。狭い肉壁を押し開いて往《い》き来する楔が熱い。中から灼かれそうだ。感じる場所を擦られ、肌がぞくぞくと粟立ち、無意識に腰が揺れる。

「は……あぁん……」

「いいか？　先生……気持ちいい？」

こくこくと首を縦に振った。情熱的な抜き差しに内襞《うちひだ》が痙攣し、体内の峻王にさもしく絡みついて締めつける。

「……くっ……」

苦しげな呻き声が頭上から落ちてきた。

「あんた……締めつけ過ぎだよ」

直後、ひときわ強く腰を打ちつけられる。パチュッと水音が響き、びりびりっと電流が走った。

「あんっ」

高く持ち上げられた脚の先で、白い足袋《たび》がゆらゆら揺れている。峻王の腹筋から滴った汗が、結合部を濡らす。

「あっ……んっ……ぁんっ」

突き立てた猛々しい雄で中をぐちゃぐちゃに掻き混ぜられ、舌を噛みそうな勢いで揺さぶられた。トロトロを通り越し、内側からドロドロに溶解しそうだ。

「ひ……んっ」

頭がクラクラして、眼裏が白くスパークして、もう何がなんだかわからない。

濡れた欲望を握り込んで前を扱きつつ、峻王が容赦なく腰を強く打ちつけてくる。まさしく叩きつけるといった表現が相応《ふさわ》しい激しさだ。嵐のようなエクスタシー。

「んっ……んっ、あんっ」

前と後ろを同時に責め立てられ、侑希は急速に放物線の頂上まで押し上げられた。

「あ……あ……あぁ——っ」

自らの絶頂と前後して、峻王もまた達したのを知る。たっぷりと注ぎ込まれた雄のエキスが最奥を濡らす感覚に、侑希はぶるっと胴震いした。

「はぁ……はぁ……」

脱力し、浅い呼吸を繰り返す侑希の上に、峻王がゆっくりと折り重なってくる。自分より筋肉が多いぶん、ずっしりとした恋人の体の重みに幸せを感じた。

「……先生」

「……う、ん」

「もう一回……いい？」

伺いに重たい目蓋《まぶた》を持ち上げて、焦点が合わないほどの至近に漆黒の双眸を認める。

その瞳にまだ赤々と燃え滾る欲情の炎を見つけ、侑希はふっと口許を綻ばせた。硬い黒髪を掻き混ぜて耳許に囁く。

「あと一回……だぞ？」

3

クリスマスが終わり、迅人の人生で一番波瀾万丈《はらんばんじょう》だった年が暮れた。

本当にいろいろな事件があって、人生が変わる出会いがあり、同時に大切な人たちとの別れもあった。たぶん、遠い先の将来に振り返っても、あの年がターニングポイントだったと思うに違いない。

ニューイヤーズイブは自宅で静かに迎え、賀門と年越しミサに出かけるにとどめた。

ロンドンに出れば、広場でのカウントダウンや打ち上げ花火、一日にはニューイヤーパレードなどのイベントもあったが、今年はなんとなく華やかな場で騒ぐ気分にはなれなかった。

それよりも自分たちの家のあたたかいリビングで、恋人と談笑したり、手作りの美味しいものを食べたり、一緒にDVDを観たり、ベッドでいちゃいちゃしたり……穏やかな時間を過ごすほうがいい。ずっと旅続きだったから、余計にそう思うのかもしれなかった。

元旦もそんな調子でのんびりと一日を過ごした。

日本では三が日は役所やほとんどの企業が正月休みを取るが、英国は二日から通常営業だ。迅人も今日から『ジュリズ・ベーカリー&カフェ』のアルバイトが始まる。

二日は気温は低かったけれどよく晴れており、天気は一日保つという予報だったので、MTBで出勤することにした。そうは言っても英国はにわか雨が多いので油断は禁物だ。出かける際は必ずフード付きのレインウェアを携帯するようにしている。

「んじゃ、行ってくるね」

ダウンを着込んでMTBに跨《また》がった迅人が外門を出たところで振り返ると、見送りに出てきた賀門が、「もし雨が降ってチャリがキツイようなら携帯で連絡しろ。迎えに行ってやるから」と言った。

「うん、わかった。午後から工房行くの？」

「ああ、昼過ぎから顔出して夕方には戻ってくる。おまえ、今晩何か食いたいものあるか？」

問いかけに少し考えて答える。

「んー……ひさしぶりにインドカレーとか？」

「カレーか。ジョンに分けてもらった鶏が冷凍してあるから、あれを解凍してチキンカレー作るかな」

「あんまり辛くないのにして」

迅人のリクエストに、賀門が唇を歪めた。

「ガキ。辛くねぇインドカレーなんざガスが抜けた炭酸みてーなもんだろうが。ま、いいさ。美味いの作っといてやるから気をつけて行ってこいよ」

手を振る男に振り返して、迅人はMTBを漕ぎ出した。頬を撫でる風が冷たい。イヤーマフをしているけれど、顔は剝き出しなので皮膚が冷気でピリピリする。吐いた息が白くたなびく。

でも月齢が満ちている今は、これくらいの寒さはなんともない。むしろ気持ちいいくらいだ。

もともと冬は嫌いじゃなかった。夏よりはずいぶんといい。人狼の特徴なのか、暑さには弱いようで、夏場はややぐったりしがちだ。蒸し暑い日本にいた頃は弟の峻王とふたりでいつも夏バテ気味だった（不思議と父は真夏でも涼しげだったが、あの人はなんにせよ「特別」だ）。

賀門がこの地を選んだのも、そのあたりを踏まえてのことらしい。

本当は常夏《とこなつ》の島とか、あったかい南国のほうが過ごしやすいに決まっているけど。

賀門はいつだって自分を優先してくれる。自分のことを一番に考えてくれる。

それは、大人の余裕というものなのかもしれないけれど……毎回してもらってばっかり、与えてもらってばっかりというのは、やっぱり気が引ける。

いつか恩返ししたい。してもらうばっかりじゃなくて、自分だって賀門に返したい。

できれば対等になりたい。……いつの日か。

もっともっと成長して。一日も早く大人になって。肩を並べられるようになりたい。

胸の中で、もう何度念じたかわからない野望をまた繰り返しながら、ハンドルをぎゅっと握る。

左手の薬指に、クリスマス前にはなかった指輪の存在を感じて、迅人は小さく微笑んだ。

同じ指輪を賀門も嵌めている。さっき手を振ってくれた時、左手の薬指に光っていた。

別に「結婚」とか「約束」とか、形式にこだわっていたわけじゃないけど、でもやっぱり目に見えて「繋がっている」と認識できるのって大きいな、と改めて思う。

そのあたりも賀門はちゃんとわかっていたんだろう。賀門はいつも、未熟な迅人が自分でもよくわかっていなかった感情に先回りで対応してくれる。

(でも、それに甘えてばっかじゃダメだよな)

そんなことをつらつらと考えつつ舗装されていない田舎道を走り、行き交う車もほとんどないまま町に到着する。さすがにここまで来れば車の往来があり、歩道を往き来している通行人も目についた。

アルバイト先の『ジュリズ・ベーカリー&カフェ』の裏口近くにMTBを停め、チェーンをかけてバックパックを左肩に掛ける。

裏口のドアを開けると、パンの焼けるいい匂いが漂ってきた。迅人は店の開く三十分前に出勤するが、オーナーのミセス・スミスやスタッフは六時には厨房に入って商品を作り始めている。ベーカリーの朝は早いのだ。

『おはようございます』

『おはよう、ハヤト』

『モーニン! ハヤト』

どっしりと貫禄《かんろく》のあるミセス・スミスに、迅人は『今年もよろしくお願いします』と新年の挨拶をした。

『こちらこそよろしく。年越しはどうだった?』

『のんびり家で過ごしました。あ、いただいたパイ美味しかったです』

『よかったわ。シロウも喜んでくれた?』

『はい、ミセス・スミスの作るものはなんでも美味しいって』

丸くて血色のいい顔に満足そうな表情が浮かぶ。ミセス・スミスは賀門がお気に入りだ。『ハヤトの叔父さんはほんと男前ねぇ』といつも言っている。便宜《べんぎ》上、賀門は迅人の母の弟、ということになっているのだ。

厨房からバックヤードに移動した迅人はユニフォームに着替えた。白シャツに白のコットンパンツ、腰に赤と白のチェック柄のタブリエを巻いて、仕上げに赤のネックチーフを巻く。

ユニフォームを身につけると、ホールに出て掃除を始めた。昨年の暮れの店じまい後に掃除をしたきりだったので、念入りに拭き掃除をする。床を掃いてモップをかけ、窓ガラスを拭いた。室内が済んだら外に出て、右隣りのアンティークショップの店員と会話を交わしながら店の前を掃く。

掃除が終わると今度は、厨房から焼き上がったばかりのパンを運び、ガラスのショーケースに並べた。何往復もしてケースの中がいっぱいになり、ホールに焼きたてのパンの香ばしい匂いが充満する頃、ちょうどオープンの九時を迎える。

ドアに掛かっている『Closed』の下げ札を『Open』にひっくり返すのを待っていたかのように、常連客が入ってきた。顔馴染みの老婦人に『おはようございます、ミセス・キャンベル』と話しかけて、ショーケースの後ろに回り込む。

ミセス・キャンベルのオーダーを待つ間、迅人は「よし」と気合いを入れた。

今日も一日がんばろう。

店が閉まるのは七時。後片付けや着替えの時間があるので、迅人が裏口から出るのは大体七時半過ぎだ。今日は店が閉まったあと、テーブルのひとつが傾いてガタガタしていたのを直していたので遅くなってしまった。

外に出ると、もうとっぷりと暗かった。

この時期、四時には陽が暮れて暗くなる。太陽が昇るのも八時近いから、陽が出ている時間が本当に短い。今夜はそれでも満月なので、まったくの暗闇というわけではなかった。

繋いであったＭＴＢに歩み寄り、チェーンを外してサドルに跨る。夜の道を自転車で走り出した迅人は、ほどなく「腹減ったぁ」とひとりごちた。

昼には賄《まかな》いをたっぷり食べたけれど、ずっと立ち仕事で忙しく動き回っているせいか、この時間にはお腹がペコペコになる。

（そういや今晩はインドカレーだって言ってたっけ）

チキンが柔らかく煮込まれたスパイシーなカレーを想像しただけで腹の虫がきゅるきゅる鳴った。思わずペダルを漕ぐ脚に力が入る。顔に当たる風は朝より冷たかったけれど、三十分後にあたたかい部屋で美味しい食事にありつけている自分をイメージすれば、自然とテンションが上がった。

外灯もろくにないような田舎道を二十分ほど走った頃だった。

後方からのライトに照らされて、ミラーをチラ見する。黒いランドローバーが近づいてきていた。

迅人は後方車のために道の左端にＭＴＢを寄せた。ローバーが傍らを行き過ぎる際に視線をやると、運転席と助手席にそれぞれ白人の若い男が乗っているのが見えた。どちらも見覚えのない顔だ。この付近の住人ではないのかもしれない。もちろん迅人も村人全員を把握しているわけではないけれど。

迅人を追い越した黒い車体が徐々に失速し、二十メートルほど先で停まった。

(何？　……エンスト？)

どうしたんだろうと思っているうちに、両側のドアが立て続けに開いて、中からふたりの男が出てくる。ひとりはやや長めの金髪で、もうひとりはブルネットの短髪。共にかなりの長身だ。男たちの筋肉質の肉体から発せられる得も言われぬ迫力に圧され、嫌な予感が背筋をそそと這い上がってきた。

(なんか……この展開……デジャ・ヴュ)

脳裏に蘇ってくる、まだ生々しい一年前の記憶。夜道で賀門の手下に拉致《らち》された時の……。ふたりがロングコートの裾を翻し、こちらに大股で向かってきたのを見て、キーッとブレーキをかけたが、すでにその距離は三メートル弱に縮まっていた。

無表情な彼らの、底光りするような昏い目と目が合い、頭の中で警鐘がカンカンと鳴り響く。

なんだかよくわからないけど、とにかくヤバイ！

（逃げなきゃ！）

あわててMTBをぐるりと方向転換する。背後から追いかけられる気配を感じながら、今来た道を引き返しつつ必死でペダルを漕いだ。脚力には自信がある。そうでなくとも人と自転車なら、こっちが有利なはず——だった。なのに。

「……っ」

引き離すどころか、ふたりぶんの足音と、はっ、はっという息が近づいてくる。

（う……そっ）

すぐ後ろまで迫られて、迅人はパニックに陥《おちい》った。心臓がドッ、ドッと早鐘を打ち、体中の毛穴から冷たい汗が噴き出す。

なんで!?　なんでこんなに足が速いんだよ!?

さらに速度を上げたふたりの男に両側から挟まれ、ぬっと伸びてきた手で同時にハンドルを摑まれた。

「あぶな……っ」

焦って急ブレーキをかけた刹那、ガクンと大きな衝撃を感じる。つんのめった反動で後部車輪が浮き上がった。

「うわぁっ……」

MTBが前転し、両手がグリップから離れた。体が宙に浮く。高く浮き上がった空中で背中をしならせ、一回転した迅人は、道路に伏せの体勢でふわりと着地した。

「……はぁ……はぁ」

あ、危なかった。月齢が満ちている今だからできたことで、そうでなきゃ道路に叩きつけられていた。

だが、安堵《あんど》するのはまだ早い。跳ねるように起き上がった迅人は、全速力で駆け出した。得体の知れない不気味な男たちから逃れるために、いつもは人並みに抑え込んでいる力をマックスまで放出する。

ところが、すぐに追いつかれてしまった。

「えええぇーっ⁉」

こんなことあり得ない！　今の自分がフルパワー出して追いつかれるなんて！

驚愕している間にも、金髪に前に回り込まれ、ブルネットに背後を取られて、進退谷《きわ》まってしまう。仕方なく道路脇の森へ逃げ込もうとしたが、一歩遅く、金髪に腕を鷲摑みにされた。

『放せっ！』

摑まれた腕をぶんぶんと振り、払い除けようと抗う。だが男の力は異様に強く、果たせない。

抵抗をものともしない男に、無情にもずるずると引き寄せられた。

『くそっ！　放せよっ！　このっ』

足掻《あが》く迅人を、まるで粉袋でも抱えるように金髪がひょいっと横抱えにする。腕ごと拘束されたので、自由がきく脚をバタバタとばたつかせて暴れたら、背後に回ったブルネットに二本纏めて抱え込まれてしまった。

『助けてっ！　誰かーっ』

声を限りに叫んでも、周囲に人家はなく、車も通りかからない。

『誰か助けてぇっ！』

無駄と知っていてもそうせずにはいられなくて、暗闇に向かって叫ぶ迅人とは裏腹に、男たちは一言も発せず淡々とランドローバーに近づいていく。

きっと車で連れ去る気だ。

どこへ？　なんで？　などの疑問符を凌駕《りょうが》して、どす黒い不安が胸に渦巻く。

このまま賀門と離ればなれになってしまったら……二度と会えないかもしれない。

（嫌だ。そんなの嫌だ！）

「士朗っ！」

気がつくと、恋人の名前が口から零れていた。呼んだってどうしようもないことはわかっていたけれど、その名前を呼ばずにはいられなかった。

「助けてよ！　士朗っ！」

叫びながらじわっと目頭が熱くなる。心臓がドクンッと脈打ち、全身がカッと熱くなる。今まで幾度となく経験した「感覚」に、迅人はふるふると首を振った。

ヤバイ。ダメだ。それは……ダメだ。

ここで変身するのだけは……！

暴走しかける自分を抑え込もうと、奥歯をギリギリと食い締めた。

金髪がローバーのトランクを開ける音がする。この中に閉じ込められたら終わりだ。

絶体絶命のピンチに、ふたたびドクンッと心臓が脈打った。頭の中でパシパシッとフラッシュを焚《た》かれたみたいな小さな破裂がいくつも起こる。

ダメだ。ダメだ。ダメだ！

狼化しちゃダメなんだって！

自分で自分の体がコントロールできない焦りで、首筋がチリチリと灼ける。

（このままじゃ変身しちゃう。お願い。助けに来てよ。お願い！）

「士朗ォ――――ッ！」

祈りにも似た縋るような心持ちで恋人の名を叫んだ時だった。

出し抜けにパーッと周囲が明るくなる。刹那、迅人はあまりの眩《まぶ》しさに目を瞑《つむ》った。やがてじわじわと開いた視界に、丸い光の輪がふたつ映り込む。

車の……ライト？

キキーッとブレーキをかける音とガチャッとドアが開く音が続けて響いた。

『おい！　そこのおまえたち、何やってんだ？』

聞き覚えのある低音に全身がびくんっと震える。

（士朗!?）

来てくれた？　本当に助けに来てくれた!?

どっと込み上げてきた歓喜に胸がびりびり震える。

涙が溢れそうになるのを堪え、迅人は声を張り上げた。

「士朗っ！」

「迅人！　どうした!?」

「よくわかんないけど攫《さら》われるっ」

賀門が「くそっ」と罵声を吐き、ＳＵＶから飛び降りる。

『迅人を放せ！』

逆光に浮かび上がった大柄なシルエットは、ハンティング用のライフルを構えていた。銃口をこちらに向け、『放さねぇと撃つぞ』と低く凄む。

賀門から発砲を辞さない本気を感じ取ったのか、金髪がちっと舌打ちを落とした。初めて人間らしい反応を見せた男が、渋々といった様子で拘束の力を緩める。ブルネットも手を離したので、迅人はずるっと滑り落ちた。地面に尻餅をつく間際に体勢を立て直し、自分の足で立つ。

金髪の胸に狙いを定めたまま、賀門がじりじりと近づいてくる。

「迅人――こっちへ来い」

誘導に従い、ライフルと対峙する男たちから後じさり、数歩離れた場所でくるっと踵《きびす》を返した。賀門に向かってダッシュをかけ、長身に辿り着くと、その後ろにさっと身を隠す。

「車に乗れ」

指示どおりにＳＵＶの助手席に乗り込み、パワーウィンドウから顔を出して「士朗！」と呼んだ。

ライフルを構えた状態でゆっくりと後退してきた賀門が、開けっぱなしだった運転席から車内に乗り込むやいなや、ライフルを立てかけてドアを閉める。

「出すぞ！　掴まってろ！」

叫んでアクセルを踏み込み、大きくステアリングを切った。タイヤをギュルギュルと鳴らしながら、ＳＵＶがＵターンする。

方向転換するなり、いきなり猛スピードで走り出した車内で、迅人はアシストグリップを握って後方を窺い見た。

ロングコートの男がふたり、道路に仁王立ちしているのが見えた。追ってくるかと思ってしばらく様子を窺っていたが、ランドローバーに乗り込む気配もないままに小さくなっていく。

「どうだ？」

賀門の問いかけに、「追ってこないよ」と答えた。

しかし、賀門は警戒オーラを解かず、横顔も険しいままだ。

「あいつら……なんだったんだ？」

「わからない。突然車を停めて追っかけてきたんだ。必死で逃げたけど捕まっちゃって、もう少しで車のトランクに閉じ込められるところだった」

「暴行目的か？　おまえを女だと勘違いしたのか……ふたりとも白人だったが、顔見知りじゃないよな？」

「うん、見たことない顔だった」

底の見えない昏い目をしたふたりの男を思い浮かべる。

「……怖かった。士朗が来てくれなかったら俺……」

今になっておこりのような震えがぶるっと走った。

もしあのまま変身してしまっていたら……取り返しのつかない事態になるところだった。『秘密』を知られたら、この土地にいられなくなる。拉致も怖いが、そっちも同じくらいに怖い。

「帰りが遅かったんで心配になってな。今にして思えば虫の知らせか……」

ミラー越しに気遣わしげな眼差しを向けた賀門が低くつぶやいた。

「ＭＴＢごと途中でピックアップしようと迎えに出てよかった」

そのＭＴＢは放置してきてしまったが、今はそれどころじゃない。

（……それにしても）

当座の危機を脱して漸く正常に働き始めた頭を巡らせる。

一体なぜ？　なんの目的で自分を襲ったのか？

ふたりとも白人だったし、東京の御三家が放った追っ手とは思えない。そもそも御三家ならば、人を雇ったりせずに自分たちで仕留めに来るはずだ。

賀門の推測どおり、町から来たちんぴらが暴行目的のターゲットを物色しつつ車で流していて、たまたま出くわした自分を襲った？

それもあり得ない話ではないけれど。

でも――ただのちんぴらにしては、あの足の速さはちょっと異常だった。月齢十五日の自分を追い越すなんて人間ワザじゃない……。

そこまで考えた瞬間、ぞくっと背筋が震える。

漠然《ばくぜん》とした不安が雨雲のように胸全体に広がって、背中がひんやり冷たくなった。

(なんだ?　この嫌な感じ……)

思わず自分で自分を抱き締めていると、前方に見慣れたシルエットが見えてくる。

切妻屋根の我が家を見て、溜めていた息がほっと肺の中から漏れ出た。

「とりあえず、警察に届け出るかどうかは明日の朝までに考えて決めよう」

道中ずっと思案していたのだろう賀門が結論を下し、迅人も「うん」と同意する。

できれば警察沙汰にしたくないという賀門の心情はよくわかったからだ。のんびりとした田舎暮らしでうっかり忘れそうになるけれど、自分たちはあくまで逃亡者で、周囲の耳目《じもく》を集めるのは百害あって一利なし。なるべく目立たないに越したことはない。

SUVをガレージに入れて、運転席と助手席から降りた。今夜は側に置いて警戒するつもりなのか、賀門はライフルを手にしている。

「……大丈夫か?」

空いているほうの手で頭を摑まれた。迅人は黙って恋人の硬い体に額を擦りつける。

なぜだろう……もう安全なはずなのに……まだ胸がざらついた感じが収まらない。

「カレー美味く作ったから、食って、熱い風呂に入って今夜は早めに寝ろ」

「ん。……ありがと」

ふたりで玄関のドアの前に立ち、賀門が鍵を開けている間も、胸がざわざわして落ち着かなかった。

(なんで？　もう危険は去ったのに)

ぎゅっと拳《こぶし》を握り締める。

落ち着けって。もう大丈夫なんだから。士朗もいるし。

(……大丈夫)

なんとか気を取り直し、先に室内に入った賀門のあとに続こうとしたが。

——ん？

背後に何者かの気配を感じて振り返る。いつ忍び寄ったのか、すぐ後ろに男が立っていた。

「………っ」

い、いつの間に!?

ゆるゆると瞠目した迅人は、その男がさっき振り切ったはずの「金髪」であることに気づき、ひっと声にならない悲鳴をあげた。ザーッと血の気が引く。

「な……なんで？」

意味がわからない。どうやってここを突き止めたのか？

『ど……やって……ここ』

呻くような問いかけに男が薄い唇を歪め、仄暗い笑みを浮かべる。

『逃げても無駄だ。気がついてないのか？　匂いが漏れている』

『……匂……い？』

顔を引き攣らせ、体を硬直させていると、先に部屋に入った賀門が戻ってきた。

「どうした？　何ブツブツひとりごと言っ……ッ」

迅人の肩越しに金髪を認めたとたんに、「くそったれ！」と唾棄《だき》して手許のライフルを構える。

「し、ろ……」

「こっちへ来い！」

その一喝で金縛りが解け、迅人はあわてて賀門の後ろに回り込んだ。賀門が金髪の左胸に照準を合わせる。

『心臓に穴を空けられたくなかったら今すぐ出て行け』

低く命じたが、それでも男が動かないと見るや銃身を下げ、男の足許を狙って引き金を引いた。

パンッと破裂音が響き、男の靴のすぐ横の土が抉《えぐ》れる。

『いいか？　お遊びはここまでだ。次は遠慮なくぶち抜くぞ』

威嚇《いかく》射撃と賀門の気迫に圧されたように、男が一歩退いた。そのぶん賀門が一歩前進する。男が退く。賀門が一歩迫る——を繰り返して、ライフルを構えた賀門が室内から外に出た時、横合いから黒い影が飛びかかってきた。

「……士朗あぶな……っ」

襲いかかってきたのは今まで姿が見えなかったブルネットだ。

賀門とブルネットがライフルを奪い合って揉み合いになる。さらにそこに金髪が参戦し、三つ巴《ども え》の取っ組み合いになった。

「士朗！」

数で不利な恋人をたまらず呼ぶと、応戦しながら「おまえは逃げろ！」と命じられる。

「そんなの嫌だよ！」

「いいから行け！」

どんなに怖い声を出されても、ひとりで逃げるなんてできっこない。

玄関に立ち竦んでハラハラ気を揉んでいる間にも、百八十越えの男たちの肉弾戦は続く。賀門がライフルの銃身で金髪の胸を殴り、男が仰向けにもんどり打った。だが、今度は逆にブルネットに馬乗りになられ、首を絞められる。ギリギリと締め上げられ、賀門の顔がみるみる紅潮していく。

「く……あっ……」

「士朗！」

もはや我慢できず、迅人は自分に背を向けているブルネットに飛びかかった。背中にしがみつき、賀門の首を絞めている手を掴んでしゃにむに引っ張る。

「放せ、よ！　……このぉっ」

普段なら歯が立たない相手だろうが、今夜はパワーが満ちているせいか、男の指がメリメリと賀門の首から離れていく。最後は勢い余ってブルネットともどもひっくり返り、地面に盛大に尻餅をついた。

「げほっ……げほっ」

解放された賀門が首を押さえて咳込む。

地面に仰向けに転がっていた迅人は、一息つく間もなく両目を見開いた。賀門の背後にゆらりと立つ金髪が、手にサバイバルナイフを持っていたからだ。月に反射して大振りの白刃《はくじん》が不気味に光る。金髪の全身からも殺気がゆらゆらと立ち上っていた。

「後ろ……っ」

迅人の声に素早く反応した賀門が振り向き様、振り下ろされたナイフをわずかに避けた。二度、三度とナイフをギリギリ躱《かわ》しながら、地面に落ちていたライフルに飛びつく。スライディングしてライフルを摑み取った賀門が、銃口を金髪に向けた。

パンッ！

今まさにナイフを振り翳《かざ》していた金髪がびくっと身じろぐ。

「……………っ」

フリーズする金髪の腹のあたりから、どす黒い何かが染み出してきた。空いているほうの手で腹部を触った金髪が、血でべっとり濡れた手のひらを自分の顔に近づける。しばらく不思議そうな表情で真っ赤な手を眺めていたが、不意に膝をカクッと折った。取り落としたナイフが、地面にザクッと突き刺さる。最後に、長身がスローモーションのようにゆっくりと俯せに倒れた。

『エイドリアン！』

ブルネットが倒れた金髪に駆け寄ろうとする。が、賀門がライフルでそれを阻《はば》んだ。

『近寄るな！』

びくりと肩を揺らしたブルネットが、困惑の面持ちで、伏した金髪と自分に向けられたライフルの銃口を交互に眺める。

『行け！』

低音の命令にブルネットはぎくしゃくと方向転換し、外門に向かって歩き出した。途中何度か振り返ったが、賀門が変わらず銃口を向けているのを見て、諦めたように敷地から出て行く。

ブルネットの姿が完全に視界から消えたのを見計らい、賀門が金髪に近づいた。迅人も怖々と賀門の後ろから覗き込む。まだ男は生きていた。賀門が肩を摑んでそっと体を表に返す。腹部から血を流し、浅い息を繰り返す男に問い質《ただ》した。

『おまえたちは何者だ？　なぜ俺たちを狙う？』

『長老が……その日本人を……連れてこいと……』

苦しい息に紛れて、男が途切れ途切れの言葉を紡ぐ。

『長老？』

『必要……なんだ。そいつは……【イヴ】だ』

『【イヴ】？』

賀門が眉根を寄せた。

『我々……ゴスフォード一族は必ず……手に入れる』

ところどころ空気が漏れているような声を絞り出した男が、げほっと血の泡を吐いた。見る間に顔が青ざめ、血の気を失っていく。

「死んじゃう……の？」

おそるおそる尋ねると、賀門が「……この出血じゃあな」と渋い声を出した。

完全に正当防衛だったとはいえ、目の前で人が死ぬのを見るのは初めてだ。

痛ましい気持ちで死にゆく男を見つめていると、男がびくびくと小刻みに震え始めた。瞬く間に痙攣が全身を覆い、しかもその震えがどんどん激しくなる。

断末魔《だんまつま》の症状だろうか。固唾《かたず》を呑んで男の最期を見守っていた迅人は、やがて金髪の肉体に起こり始めた異変に目を剝いた。

「う……そ」

男のコートの袖から出ていた手の指がみるみる縮まり、その肌にグレイの毛がみっしりと生え始める。服の下で男の肉体が、骨格から筋肉の付き方まで変わっていくのがわかった。顔の形も変わっていく。額が後退し、吻《くちさき》がせり出してきて、耳の位置が移動してピンと尖り——。

この世には起こり得ないはずの超常現象。しかし、迅人にとっては非常に身近なそのメタモルフォーゼに賀門も声を失っている。

（嘘……だ。こんなの……）

迅人は無意識に首を横に振った。

今目の前で起こりつつある変身の過程をこの目で見ても、にわかには信じられなかった。

人間が獣に変身しようとしている!?

つまり……この男は人狼……？

神宮寺一族以外にも人狼が存在するなんて！

いや……自分だってもしかしたら広い世界のどこかには、同族が生き残っている可能性もゼロじゃないと思っていた。

だけどいざ目の前にすると、「仲間」に会えた喜びよりも衝撃のほうが大きい。

生まれて初めて見る父と弟以外の人狼を、驚愕の眼差しで見下ろしているうちに、コートがびりっと破れる。裂けた布地から現れたのは、紛れもなく体毛に覆われた獣の体。

「こいつ……人狼だったのか」

顔を歪ませた賀門が、喉に絡んだ掠れ声を落とす。

あまりの衝撃に茫然自失《ぼうぜんじしつ》していた迅人は、そのつぶやきではっと我に返った。

この男が完全に狼化した場合、同じ人狼でも種族が違うので、どんな力を秘めているのかわからない。もし銃弾が効かなかったら？

（そうなったら自分も変身して闘うしかない）

自分が賀門を護るんだ。

決死の覚悟を決め、いざという事態に備えて身構えていたが、七割方狼化したところで金髪の様子がおかしくなった。変化の波がぴたりと止まったのだ。

獣化していた肉体が急速に元に戻っていく。吻が引っ込み、尖った耳が消え……体毛も消えて。

どうやら致命傷を受けたせいで、完全に狼化するパワーが残っていなかったらしい。最後の力を振り絞ったものの、途中で力尽きたのだろう。

ふたたび人間に戻った状態で男は息絶えていた。光を失った目を閉じさせて、賀門が破れたコートをその骸《むくろ》に被せる。

「…………」

刻々と変化していく現実に頭が追いつかず、呆然と立ち尽くす迅人の隣りに賀門が戻ってきた。

「ゴスフォードって言ってたな。聞き覚えあるか？」

問いかけられてのろのろと顔を上げる。険しい表情と目が合った。

「聞いたことない。……自分たち以外に人狼がいるなんて知らなかった」

「【イヴ】ってのは？」

重ねての質問にも首を振る。

「初めて聞いた」

「……そうか」

しばし難しい顔で顎をバリバリと掻いていた賀門が、迷いを断ち切るように「とにかく」と言った。

「ここを出たほうがいい。ブルネットが仲間を連れて戻ってくる前に発とう」

ふたりで男の死体を納屋に運び、ブランケットをかけた。こうしておけば、仲間を連れて戻ってきたブルネットが探し出し、なんらかの方法で弔《とむら》うだろう――というのが賀門の見解だった。

迅人はまだショックで頭が痺れたようになっていて思考がまともに働かないので、とりあえず賀門の指示に従うことにした。

当座必要なものをバックパックに詰める。嵩張らないよう必要最低限にしろと言われ、何を持っていけばいいのか迷っていると、「最悪パスポートがありゃいい。あとはなんとでもなる」とアドバイスされた。確かに、必要ならば買えばいい。何より大事な指輪は身につけているし……それと携帯。これがないといざっていう時に峻王に連絡をつけられない。

そこまで考えて、ふと思った。

英国に同族が存在することを、父や御三家に知らせるべきなんだろうか。

でも、それを知らせれば自分たちが英国にいることも知られてしまう。

携帯を手に迷っていると、賀門が寝室のドアを開けて顔を覗かせた。

「用意できたか？」

「う、うん」

「出るぞ。急げ」

急かされ、あわてて携帯をダウンのポケットに突っ込む。先に階段を使う賀門を追って一階まで下り、玄関のドアから外に出る間際、背後を振り返った。

自分たちの好みにカスタマイズしたインテリアが目に入る。毎晩食後にふたりでまったり過ごした暖炉の前のソファ。賀門のお気に入りだったキッチン。二ヶ月一緒に暮らした部屋を見るのも、これが最後かもしれない。

「どうした？　行くぞ」

賀門に促され、後ろ髪をひかれる思いで外に出た。ガレージでSUVに乗り込む。すぐに走り出した車の窓から、迅人は切妻屋根の家を振り返った。

春になったら、いろんな苗を植えようと賀門と話していた家庭菜園やイングリッシュガーデン。結局叶わなかったあれこれを思うと、鼻の奥がジンと熱くなってきて、涙で視界が曇る前に首を元に戻した。すんっと洟を啜る。

（馬鹿……めそめそ泣いてる場合じゃないだろ）

今は非常事態なのだ。

神宮寺一族以外に人狼が存在していた。事情が違えば喜ぶべき事態だけれど、彼らは自分を攫おうとした。そのために賀門を殺そうとまでした。どう考えても友好的な態度じゃない。敵と認識したほうがいい。

——必要……なんだ。そいつは……【イヴ】だ。

死の間際の、金髪の声が耳に還る。

【イヴ】ってなんだろう？

俺が、その【イヴ】ってこと？　なんだよ【イヴ】って。わけがわからない。

——我々……ゴスフォード一族は必ず……手に入れる。

フラッシュバックした男の最期の言葉に、ぞくっと背中が震える。

(怖い)

安住の地を見つけて、せっかく穏やかな田舎暮らしに体が馴染み始めていたのに、急にこんなことになって不安でたまらなかった。

落ち着かない気分で、傍らの恋人を見る。まっすぐ前を向いた眼差しは厳しかったけれど、彫りの深い横顔に目に見えるような動揺は見受けられない。

なんでこんなに落ち着いていられるんだろう。

さっきだって不可抗力とはいえ、人(……かどうかはさておき)ひとりの命を奪ったのだ。おまけにそいつは目の前で狼に変身しかけた。普通の人間なら取り乱してもおかしくない。

数多《あまた》の修羅場をくぐり抜けてきた元やくざの組長の恋人が、度外れに肝《きも》が太いのは知っている。人狼の自分を受け容れて、一緒に暮らせるくらいだ。並み大抵の神経じゃない。

どんなに理解し難い事態が起こっても、賀門はその現実を逃げずに受け止め、その上でどう対処すべきかを冷静に考える。恋人ということを差し引いても、男としてすごい、敵《かな》わないと思う。

じっとその横顔を見つめ続けていたせいか、賀門が口を開いた。

「なんだ?」

「……なんで?」

「ん?」

「士朗は何が起こってもそんなふうに落ち着いていられるのかなって思って……」

ステアリングを握ったまま、賀門が片眉を持ち上げる。

「別に落ち着いてるわけじゃないが……まぁ……目的がはっきりしてるってのはあるな」

「目的？」

「おまえが普通の人間と違うのは紛れもない事実で、俺はそのおまえと生きていくと決めた。おまえとの生活を護るためには何をどう対処すべきか。常に考えているのはそれだけだ。大切なものがはっきりしているぶん、行動や思考にブレがないのかもな」

自分のために、しがらみをすべて断ち切った賀門。

賀門の強さは、たくさんの犠牲の上に成り立っている。

そう思うと、そこまで自分を大切に想ってもらえて嬉しい反面、申し訳ない気分にもなる。

「これからどこに行くの？」

「早々に英国を出るとして、とりあえず今夜は行けるところまで行ってモーテルだな」

「…………」

やっぱり英国を出るんだ。薄々そうじゃないかと思ってはいたけれど。

改めて自覚した刹那、惜別《せきべつ》の想いが急激に胸に迫ってきた。

ミセス・スミス、バイト先のスタッフ、大家さん。近隣の村人。みんな、すごくよくしてくれて、せっかく仲良くなれたのに……別れの挨拶もできなかった。賀門だって何も言わないけれど、アレックスとの突然の別れは辛いはず。

みんな……いきなりいなくなってごめんなさい。

やさしい人たちだから、怒るよりきっと心配するだろう。

(ごめん……なさい)

場所よりも、人との別れのほうがよりいっそう辛くて、迅人は泣きそうになるのを奥歯をぐっと食い縛って堪えた。

大人の賀門と違って自分はまだ未熟で弱い。仕方がないことだと頭では理解していても、心が挫《くじ》けそうになる。情けなかったけれど、どうしようもなかった。

激しくダメージを受けたせいだろうか。だんだん気分が悪くなってくる。

なんだか体が怠い。頭もズキズキと痛み出す。

(風邪でもひいたのかな？　よりによってこんな時に……)

ぐったりシートの背に凭れかかっていると、賀門が「どうした？」と訊《き》いてきた。

「……うん……ちょっと怠くて……」

心配そうな眼差しがちらりとこちらを見る。

「顔色が悪いな。着くまで目ぇ瞑って寝てろ」

指示に素直に従い、目を閉じる。頭のズキズキがどんどん酷くなっていく気がしたが、暖房の効いた車内で車の振動に身を任せているうちに、いつしか意識が遠ざかり――。

「………」

次にうっすら目を開けた時には、賀門の顔がアップになっていた。気遣わしげな表情の肩越しにクロス張りの天井が見える。どうやらベッドに寝かされているようだ。

「ここ……どこ？」

「モーテルだ」

「揺さぶっても目ぇ覚まさないから担いで連れてきた。大丈夫か？」

「俺……」

「……うん」

起き上がろうとして、くらっと目眩《めまい》がした。

「あっ……」

「馬鹿。無理すんな。寝てろ」

賀門に寝かしつけられ、デュベを肩まで引き上げられる。額に大きな手が触れた。

「……熱はねぇようだが……疲れが出たのかもしれんな」

そうなんだろうか？　体力的にはピークなはずなのに……。

「こんな時、医者にかかれねぇのは不便だな」

生まれてこの方、一般の病院に行ったことは一度もない。子供の頃から体調管理は神宮寺家の主治医で御三家の一翼でもある水川《みずかわ》にしてもらってきた。

逃亡生活にあたって一番のネックになると思われたのが、病気や怪我のアクシデントだった。人であって人でない特殊な体を、予備知識のない医療機関に見せるわけにはいかないからだ。幸いこの一年近くは、医者や薬を必要とするような事態には陥らずに済んできたが。

「……大丈夫。寝てれば治るよ」

顔を曇らせる恋人に、そう告げた。

迅人自身、本気でそう思っていた。十九年間、病気らしい病気はしたことがなかったし、体力には自信があったからだ。風邪だって一日寝れば大方治っていた。おまけに今は満月だ。

そんな自負もあってタカをくくっていたのだが、翌日になっても体調はいっかな改善しなかった。

むしろ刻一刻と吐き気が酷くなっていく。朝からトイレとベッドの往復で、胃の中が空になっても吐き気が収まらない。こんなのは生まれて初めてだった。胃が何も受けつけないので、水すら呑むことができない。

度重なる嘔吐で根こそぎ体力を奪われ、便器にぐったりと凭れる迅人の背中を、賀門がさすってくれる。

「大丈夫か？」

心配そうな問いかけにも、はじめのうちは「大丈夫」と応えていたが、もはや強がる気力も残っていなかった。こくこくとうなずくので精一杯だ。

本当は少しでも遠くへ逃げるべきなのに、足を引っ張っている自分が情けなく、歯がゆかった。それを口にすれば、賀門は「んなこと気にしてる暇があったら早く治せ」と言うだろうけど……。

そんな状態がまる二日続いた四日の深夜、憔悴し切った迅人がベッドで力なく目を閉じていると、頭上から声が落ちてきた。

「日本に戻ろう」

意を決したような声音に薄目を開く。眉間に皺を寄せた険しい表情が視界に映り込んだ。

「……え？」

「日本に戻ってその水川って医者に診《み》てもらったほうがいい。残念ながら……俺じゃおまえの体がどうなっているのかを診断することも、具合が悪いのを治すこともできない」

「日本に……戻る？」

とっさにはぴんと来ず、ぼんやりと鸚鵡《おうむ》返しにする。

「こうなっちまった以上、ここからなるべく早く離れたほうがいいが、あてどなく逃げ続けるのは精神的にも体力的にも消耗する。今のおまえの体調じゃまず無理だ。やつらがどこまで追ってくるかはわからねぇが、日本なら土地勘がある俺たちが有利だ。峻王くんと立花先生に助けを求めることもできる」

「で、でも……」

漸く頭がはっきりしてきた迅人は、帰国に伴うのがメリットばかりじゃないことを思い出し、首を横に振った。

そもそも自分たちは日本から逃げてきたのだ。

日本に帰って、もし父や叔父、都築に捕まったら、賀門と引き離される可能性が高い。

それどころか、『秘密』を知る賀門は殺されるかもしれない。

「もし……父さんや御三家に捕まったら……きっと引き離される」

しかし賀門の決意は固かった。

「無論リスクはある」

そんなことは重々承知の上だと言うような、揺るぎない口調で告げる。

「だが、リスクを恐れてこのままおまえが弱っていくのを黙って見てるわけにはいかない。日本に戻って回復する可能性があるなら、俺はそっちに賭ける」

自らの命の危険よりも、自分の健康状態を優先すると言う恋人の顔を、迅人は黙って見上げた。

無精髭が浮く貌は、よく見れば疲労の色が濃い。

人狼と死闘を演じた上に、賀門だってこの数日間看病であまり眠れていないのだ。

それに、ここもいつまで安全かわからない。次またあいつらが襲ってきたら……前よりも自分が動けないぶんこっちが不利だ。今度こそ賀門は命を落とすかもしれない。

(それは……それだけは嫌だ)

その可能性を考えただけでも、胃がぎゅうっと縮こまって目の前が暗くなる。

行くも地獄、留まるも地獄という言葉が脳裏を掠めた。

だったら……ふたりの将来のために、少しでも可能性があるほうに賭けたい。まだ自分が動けるうちに——月が欠けてしまう前に。

恋人と同じ結論に達した迅人は、自分のために腹をくくった闇色の目を見つめ、首をこっくり縦に振った。

「わかった。帰ろう……日本に」

4

三が日が過ぎ、まだ松の内ではあるものの、正月ムードもだいぶ薄れてきた。

五日が仕事始まりの企業が多い中、大神組も例に洩《も》れず、五日が事務所開きだ。月也と岩切は九時には迎えの車に乗って「出勤」していった。初日の今日は事務所の一同で浅草寺を詣《もう》で、新春祈禱会に参加するのが恒例の習わしらしい。

侑希の学校は十二日が始業式で、侑希自身の仕事始まりは始業式の前日、つまり十一日だ。まだ冬休みが六日ある。それは峻王も同じだ。大学進学が推薦で決まっている峻王に至っては、一月いっぱい学校に通えば、あとは三月の卒業式まで長い試験休みが続く。

そのせいか、まだまだ正月気分が抜けない峻王は、十時になっても起きてこなかった。

お手伝いのタキさんが、朝食を片付けられなくて困っていたので、侑希は「ちょっと起こしてきます」と言い置いて、峻王の部屋へ向かった。

母屋の廊下を歩きながら、ふわっとあくびが漏れる。昨夜、就寝が遅かったのでいささか寝不足気味だった。

例によって深夜過ぎに峻王が部屋に忍んできて……「発情期」の若き狼に求められるがままに、なし崩しに始まってしまい……二回目が終わったのが三時過ぎだった。後始末ののち、寝付いたのが四時。居候《いそうろう》の身としては、朝食の始まる少し前、七時半には起きなければならないので、睡眠時間は実質三時間余りだ。月也と岩切の手前、寝坊するわけにはいかない。

（ったく、こっちはもう若くないんだから……翌日のことも考えてくれないと）

胸の中で愚痴《ぐち》を零してからふと、口に出したらこれも「のろけ」と取られるんだろうな、と思った。

実のところ、自分たちは上手くいっている。

不遜な俺様ではあるが、峻王は恋愛に関しては一途で情熱的で、自分だけをひたむきに想ってくれている。

男同士であることや十歳の年齢差を考えれば、でき過ぎなくらいだ。

ただひとつの懸案事項を除けば、申し分ないと言ってもいい。

そう、ただひとつ……自分たちの前に立ち塞がる、憂慮すべき問題。

三日前、ひさしぶりに峻王と激しい言い争いをした。ちょっとしたことがきっかけで、以前から胸に秘めていたわだかまりが噴出してしまったのだ。

――おまえ……子供、欲しくないか？

――ずっと……考えていた。おまえは、その……子供を作るべきなんじゃないかって。

――迅人くんがああいうことになって、このままだと跡継ぎが生まれない。神宮寺の血は特別だ。次の世代に繋げるべきだ。途絶えさせちゃいけない。みんな……月也さんも口には出さないけど、きっとそう思っている。岩切さんだって都築さんだって……。

胸に渦巻く複雑な葛藤を吐露し、峻王にものすごい剣幕で「ふざけんな！」とキレられた。

――いいか？　あんた以上に大事なものはない。あんたが捨てろって言うなら何もかも捨てる。親だって身内だって関係ねえ。

――先生がこの世で一番大事なんだ。

――俺には、あんただけだ。

そう断じられて、泣きたくなるほどに嬉しくて……。

なんだかんだ言って結局は、その言葉が欲しかったのだと痛感した。

もちろん欲しかった言葉をもらえた悦びは、ひりひりとした痛みを伴う罪悪感と表裏一体だ。

自分たちのエゴのせいで神宮寺一族を絶えさせてしまっていいのかという迷いも、いまだ消えないままで……。

あの日以来、ことあるごとに自分に問いかけ、そうしていつも同じ答えに行き着く。

どうしても身を引くことはできない。

峻王を深く愛しているこの気持ちを殺すことはできない。

「…………」

ふっと息を吐き、侑希は見慣れたドアの前に立った。

二年前、不登校だった峻王を訪ね、初めてこの場に立った時には、自分がこんな懊悩《おうのう》を抱く日がやってくるなんて思いもしなかった。

恋愛ごとに疎い自分が、命を賭けるような恋をするなんて――。

腕を持ち上げてコンコンとノックする。

「峻王……起きてるか？」

声をかけながらドアを開け、室内に足を踏み入れた。

真っ白な壁とフローリングの床、真っ赤なソファ、モノトーンのラグ、白木のデスクとハイバックチェア——といった今時の若者らしいインテリアを横目にまっすぐ直進し、木製のパーティションに向かう。

仕切りの向こうのベッドで、峻王はまだ羽毛の掛け布団にくるまっていた。布団の端から黒髪が少しだけ覗いている。十代の頃は無闇に眠かった経験が侑希にもあるが、だからといっていつまでも寝させておくわけにはいかない。ただでさえ、月が満ちている時期は夜行性になりがちなのだ。

「おい、起きろ。もう十時だぞ」

ベッドサイドに立ち、侑希は人の形に盛り上がった布団を揺さぶった。

「朝食片付けられなくてタキさんが困ってるぞ」

ゆさゆさと何度か揺すって、漸く塊《かたまり》が動く。

「峻王、起きろって」

「……るせぇな」

低い唸り声の抗議に断固とした声音で「起きなさい」と言い返し、それでも効果がないと見るや、がばっと掛け布団を捲った。布団の中から褐色の肉体が現れる。上半身は裸で、下はスウェットのハーフパンツだ。

「またこんな格好で寝て……風邪でもひいたらどうするんだ」

さすがに布団を剥がれて寒いのか、渋々といった様子で峻王が起き上がった。ベッドに胡座《あぐら》を掻き、寝乱れた髪をガシガシと掻き上げて「何時？」と尋ねてくる。

「十時過ぎだよ。月也さんと岩切さんはとっくに出かけたぞ。早く起きて朝食を食べろ。冬休みだからってだらけ過ぎだぞ」

小言を言う侑希をうざったそうに横目で見やった峻王が、ふあーっと大きな口を開けてあくびをした時、どこかで携帯が鳴り始めた。

ピルルル、ピルルルルという呼び出し音に、侑希が「おい、鳴ってるぞ」と促すと、めんどくさそうにナイトテーブルに片手を伸ばす。携帯を摑んで目の前に翳した峻王が、次の瞬間、顔色を変えた。日頃滅多に動じない峻王のリアクションに驚き、「どうした？」と尋ねる。

「……迅人からだ」

その返答に、侑希も驚いた。英国にいる迅人からは、折に触れてメールは来ていたが、電話がかかってきたことはこの一年で一度もなかったからだ。

直接電話をしてくるなんて、何か問題があったんだろうか。緊急の用件？

峻王もそう思ったんだろう。眉間に皺を寄せて携帯を耳に充てた。

「もしもし、迅人か？　……どうした？」

侑希は思わずベッドの端に腰を下ろし、兄弟の会話に聞き耳を立てる。『急にごめん、今話しても大丈夫？』という迅人の声が漏れ聞こえてきた。

「大丈夫。今、自分の部屋だから……ああ……うん……うん……」

迅人の話に相槌《あいづち》を打っていた峻王が、不意に「あぁっ!?」と大きな声を出す。両目を見開いてしばらく絶句してから、携帯をぎゅっと握り直した。

「マジかよ？　そんなこと……嘘だろ？」

峻王がこんな声を出すなんてよっぽどのことだ。いよいよ不安が募る。何があったのか知りたかったが、電話が終わるのを待つしかなかった。

「そうか……うん……大丈夫なのか？　……うん、うん……確かにそのほうがいいな……わかった……」

口調がどんどん深刻な感じになっていくのが気にかかり、居ても立ってもいられないじりじりとした気分で、侑希は峻王の横顔を見つめた。

「とりあえず水川に探りを入れてみる」

（水川？）

突然出た主治医の名前に眉根を寄せる。もしかして迅人の具合が悪いのか？

「今日中には連絡するから。……ああ、じゃあな。気をつけろよ。賀門さんによろしく」

通話を切った峻王に、侑希は意気込んで「何があったんだ？」と尋ねた。

「迅人くんの具合が悪いのか？」

携帯を手にしたまま、しばらく難しい顔で宙を睨んでいた峻王が、「英国に『お仲間』がいたらしい」とつぶやく。

「お仲間？」

とっさに意味がわからず、鸚鵡返しにする。

「人狼だ。迅人が襲われた」

「……えっ……」

一言発したきり、次の声が出なかった。声を失うとはまさにこのことだ。

峻王たち以外にも人狼が存在していた？　そして、その人狼に迅人が襲われた？

にわかには信じ難かった。

（海外に同族がいる可能性はなきにしもあらず……とは聞いていたけれど）

それでもすんなりとは呑み込めず、衝撃を受けた侑希がフリーズしている間に、峻王が事情を説明し出す。

「二日の夜に突然迅人がふたり組に襲われて拉致されかけた。幸い賀門さんが現場に駆けつけてその場は事なきを得たらしいが、同じやつらが家まで追ってきて、今度は賀門さんがそのうちのひとりをライフルで撃った。そいつが死の間際に人狼化したそうだ」

「人狼化……」

「結局、途中で力尽きて完全には変化せずに息絶えたらしいが。だが、そいつが最期に遺した言葉が——」

——必要……なんだ。そいつは……【イヴ】だ。

——我々……ゴスフォード一族は必ず……手に入れる。

「【イヴ】? ってなんだ?」

侑希の質問に峻王が首を横に振った。

「わからない。聞いたことねぇし」

「その『ゴスフォード一族』とやらが、迅人くんを狙っているってことか?」

「そうらしい」

「……月也さんや御三家なら何か情報を持っているかもしれないな」

そう言ってみたが、峻王は難しい顔でもう一度首を振る。

「親父や叔父貴には話せねぇ」

それはそうだ。話せば岩切と都築が英国に出向き、迅人は連れ戻され、ふたりは引き離されるだろう。下手をすれば『秘密』を知る賀門は消される。

「じゃあ……どうする?」

まだ頭が混乱している侑希が動揺した声を出すと、峻王が険しい表情で髪を掻き上げた。

「その同族とは別に、迅人の具合が悪いらしい」

追い打ちをかけるようなバッドニュースに、侑希の顔も曇る。やはりそうなのか。

「大丈夫なのか?」

「どうやらかなり悪いらしい。さっき話している感じでも相当弱ってるふうだった」

「………」

ついに恐れていたことが起こってしまった。親族や御三家の庇護の傘から飛び出した迅人が、遠方で体調を崩した場合、彼を診ることができる人物が誰も身近にいない——というのは、かねてからネックになると思われてきた。

事態の深刻さを覚り、侑希はこくりと息を呑んだ。

「……それで？」

「日本に一時帰国するって言ってる」

「一時帰国!?」

思いもよらない展開に大きな声が出た。言うまでもないことだが、たとえ一時的なものであっても、帰国にはかなりのリスクが伴う。

「賀門さんが言い出したらしい。水川に診てもらうべきだって」

「賀門さんが……」

自分の命を危険に晒《さら》してでも、迅人に診察を受けさせたいということだろう。裏を返せば、それだけ迅人の状態がシリアスだということだ。

もし自分が賀門の立場だったとしても、きっと同じ選択をする。

「覚悟の上の帰国なら、俺たちはできる限りのフォローをするしかない」

「そうだな」

峻王の言葉に、侑希も深くうなずいた。

「まずは水川の説得だ。叔父貴と都築に内緒で、迅人を診るように説得しねぇと」

言うなり立ち上がった峻王が、身支度をするために洗面所へ向かう。侑希も出かける準備をしに、急ぎ自分の部屋へ戻った。

身支度が済むとすぐに屋敷を出て、ふたりは侑希の運転する車で京葉《けいよう》大学付属病院に向かった。

御三家のひとつであり神宮寺家のホームドクターを務める水川家は、代々医業を生業とし、現在の主治医である水川直己《なおき》は、大学病院に勤めている。外科医としてはかなり腕がいいらしい。

先代までは『水川医院』を営む開業医だったが、大学からのたっての要請もあり、卒業し、研修期間を終えたあとも付属の病院に残ったと聞いた。四年前に先代が亡くなった際に、水川医院は閉めたらしい。

「水川さん……説得に応じてくれるかな」

「叔父貴と都築よりは、まだ説得に応じる可能性が高いんじゃねぇかな。水川は御三家の中でも比較的ニュートラルっていうかさ。責任感はあっても使命感にがんじがらめってのはねぇし」

峻王の返答を耳に、何度か会ったことのある水川を思い浮かべる。

すっきりと整った顔立ちの二枚目で、話をした感触では性格もさっぱりしているように感じた。確かに彼からは、「絶滅に瀕した血族を命を賭《と》して護る」というような凄みを帯びた気負いは感じられなかった。それは、水川が岩切や都築と違って「堅気」であるせいかもしれない。

峻王と侑希のことを知った時も、迅人の駆け落ちを知った時も、驚きはしたが割とすんなりと、そうなってしまったものは仕方がないと受け容れたようだ。

(今度のことも引き受けてくれるといいけど)

三十分ほどで京葉大学付属病院に着き、駐車場に車を駐めて入院棟へ向かう。エレベーターで十五階にあるラウンジに上がった。

水川には事前に連絡を入れて、「折り入って相談がある」と告げてある。昼の休憩時ならば時間が取れると言われ、急いで車を飛ばしてきたのだ。オペに追われる忙しい身なので、連絡してすぐに会えるのはラッキーだった。

十五階の一角にあるラウンジは、窓が多くて広々と明るい空間だった。フローリングの床と木製のテーブルと椅子がナチュラルな風合いを醸《かも》し出している。観葉植物が要所要所に配置され、ベージュの壁にはやさしい色使いの絵が飾られており、ここだけ見ているぶんには病院と思えないほどだ。

そのラウンジの一番端のテーブル席に、侑希と峻王は腰を下ろした。まだ水川は来ていないようで姿が見えない。

オーダーを取りに来たホールスタッフに、ホットコーヒーとミルクティーを頼んだ。しばらくして、それぞれの前に飲み物が置かれる。半分ほど口にした頃、ラウンジの入り口にすらりとスタイルのいい男が立った。

「あ、来た」

侑希の声に峻王が振り返り、手を挙げて合図をする。

ブルーの手術着の上に白衣を羽織った水川が、長い脚でこちらに近づいてきた。目鼻立ちがすっきり通っており、今人気の若手イケメン俳優にどことなく似ている。月也を筆頭に、神宮寺家の周辺の人たちは本当に美形揃いだ。

「わざわざ来てもらって悪かったな」

峻王の隣りの椅子を引きながら、水川が言った。侑希に向かっては「先生、ご無沙汰しています」と軽く頭を下げる。

「こっちこそ休憩時間に悪い」

峻王の気遣いに水川が両目を瞠り、「なんだ？　低姿勢で気味が悪いな」と眉間に皺を寄せた。本気で気味悪がっている表情だ。

「時間、大丈夫なのか？」

「このあと二時からオペが入っているから三十分くらいは……。で、話って？」

水を向けられた峻王が心持ち居住まいを正し、「実はさ」と切り出す。今朝の迅人からの電話の件を順を追って話し始めた。

ふんふんと相槌を打っていた水川の顔が、みるみる険しさを増していくのを、侑希は黙って眺める。途中、「マジかよ？」「嘘だろ？」などのリアクションが水川の口から零れた。

すべてを聞き終えた時には、その整った貌は明らかに引き攣っていた。今にも頭を抱えそうな顔つきで呻く。

「……なんだそれ……ヤバ過ぎる」

「だろ？」

「信じられん……神宮寺以外に人狼がいたなんて……まぁ、海外は可能性はゼロじゃないと思っていたが……」

頭を振って、はーっと天井を仰ぐ。さらに気持ちを落ち着かせようとしてか、テーブルのグラスを摑んで、中の水を一気に呷った。

濡れた口許をぐいっと手で拭ってから、ふぅっと息を吐き、峻王に視線を向ける。

「それでどうすんだ？　月也さんや仁さんには言わないつもりか？」

「言えねぇよ。言ったら大騒ぎになる」

「そりゃそうだが……ことによっては一族の存続に関わる一大事だぞ」

水川の意見ももっともだった。

目的こそ不明だが、英国の人狼は迅人をピンポイントで狙ってきた。

おそらく、彼らは迅人が同族であることを知っている。知った上でなんらかの事情により、迅人を必要としているのだ。

今回目的を果たせなかった彼らが、これで諦めるとは限らない。迅人を巡ってゆくゆくは、神宮寺と相対する可能性がある。

英国と日本に離れているとはいえ油断は禁物。敵の存在を一刻も早く領袖《りょうしゅう》である月也に知らせるべきだ。

峻王はどう答えるのかと、正面の顔を見る。するとそんなことは百も承知といった顔つきで、

「いずれ話す」と答えた。

「……迅人が無事に治療を終えて日本を発ったあとでな」

とたんに水川が渋面を作る。

「その件だが……迅人をこっそり診たのがバレたら俺が仁さんと都築にぶっ殺される」

あながち冗談とも取れない口調だった。侑希自身、過去彼らに命を奪われかけた身としては笑えなかった。

「あんたが協力してくれたことは絶対にバレないようにするから」

「けどなぁ」

「あんたにしか頼めないんだ。——頼む」

峻王が深々と頭を下げる。

傲岸不遜《ごうがんふそん》を絵に描いたような男が頭を下げるのを初めて見て、侑希も驚いたが、水川はもっと驚いたようだ。

「ちょ……やめろって！」

動揺も露な声音で「頭上げろ」と促す。それでも峻王がこうべを垂れたままでいると、「わかった……わかったよ」とやけくそのような声を出した。

「やるよ、やりゃいいんだろ、くそ……これからオペだってのにビビらせんなよ」

やっと頭を戻した峻王が、真剣な顔で「迅人のこと、頼む」ともう一度念を押す。

兄を想う真摯な心情を酌み取ったのだろう。水川がわずかに表情を和らげた。

「わかったって。俺だって御三家の一員だ。おまえたちのことは責任持って面倒みるよ。死んだ親父にも頼まれてるしな」

「ありがとう。恩に着る」

「おまえに頭下げられたり礼言われたり……やべえ……マジでなんかあるんじゃないか？」

オペミスらないようにしねぇと、とぼやいた水川が、ふと居住まいを正した。

「ところで迅人はどんな症状だって？」

「吐き気が収まらなくてなんにも食べられないらしい。そのせいなのかずっと怠くて頭痛も酷いって話だった。とにかくベッドに寝たきりらしい。健康体が取り柄のあいつが寝込むなんてちょっと考えられないからさ」

「月齢は満ちてるし、折しも繁殖期だしな」

水川が思案げな面持ちで腕を組む。沈黙が降りたのを機に、それまで黙って聞き手に回っていた侑希は口を開いた。

「水川さん、【イヴ】って言葉に心当たりありませんか？」

「イヴ？」

「迅人くんのことを、襲撃者が【イヴ】と言っていたらしいんです」

「イヴったらアダムとイヴくらいしか思いつかないけどな……」

うーんと首を傾げた水川が、「家に戻ったら親父が遺した文献に載ってないか、調べてみる」と請け負ってくれた。

「何せ先祖代々の蓄積だから量が膨大で、俺もまだ全部には目を通し切れてないから」

「よろしくお願いします」

侑希が頭を下げ、峻王も「頼む」と目礼する。

「迅人の帰国の日取りと時間が決まったら連絡するから。あと、この件は絶対秘密にしてくれ」

「わかってるって。こっちも何かわかったら連絡する」

話がついたところでちょうど三十分が経ち、水川は「じゃあ、またな」と席を立った。白衣の裾を翻して立ち去っていく水川を見送って、侑希は峻王に視線を向ける。

「引き受けてもらえてよかったな」

うなずいた峻王がテーブルの上の携帯を摑んで言った。

「早速迅人に連絡する」


そこからの展開も目まぐるしく、翌日の夕方には賀門と迅人が帰国することになった。

賀門の行動の迅速《じんそく》さが、それだけ迅人の症状が芳《かんば》しくない証のように思え、落ち着かない夜を過ごす。

六日の午後遅く、侑希は峻王を助手席に乗せ、成田《なりた》までふたりを迎えに行った。無論、月也や岩切には内緒だ。ふたりには朝、「夕方から一緒に出かけて食事は外で取ります」と伝えたところ、デートだと思ったようだ。

学校が冬休みでよかった。峻王と出かけて夜が遅くなっても不審がられずに済むのは有り難い。

ロンドンからの直行便は遅れもなく、定刻に到着したようだった。

侑希と峻王が到着ゲートで待っていると、自動ドアが開いて次々と外国人が出てくる。カートを押すか、もしくはスーツケースを引いた旅行者を数人見送ったあとで、待ち人が姿を現した。

カートを押す大柄な日本人男性と、彼の傍らに寄り添う小柄な日本人青年。ふたりともサングラスをかけている。

「迅人！」

峻王が声をかけると、青年がこちらに顔を向けた。弟と侑希を認めて口許が綻んだが、その笑みはやはり弱々しい。彼特有の、弾けるような瑞々《みずみず》しいオーラが半減しているようだ。峻王もそう感じたのか、表情が険しくなった。

カートを押して近づいてきた賀門と迅人に、峻王と侑希も歩み寄り、一年ぶりに挨拶を交わす。ひさしぶりの再会を喜び合いたいところだが、状況が状況なだけにそうもいかない。

「迅人くん、お帰り」

「先生……おひさしぶりです」

近くで見れば、かなり瘦せて、もともと小さい顔がさらに一回り小さくなっていた。

痛々しい気持ちが募り、そっと目を逸らして賀門のほうを向く。

無精髭に長めの髪と、こちらは会わない間にかなりワイルドになっていた。背が高くてがっしりしているので、サングラスをしていると外国人みたいだ。一見して只者ではないと思わせる独特なオーラは健在だが、さすがにその表情は冴えない。

「賀門さん、おひさしぶりです」

「ご無沙汰してました。今日はわざわざ出迎えすみません」

律儀に侑希に頭を下げた賀門が、次に峻王に向かって、「いろいろ心配かけてすまん」と謝った。その謝罪には言外に、「自分がついていながらこんなことになって申し訳ない」という意が含まれているように侑希は感じた。

「別に……迅人のためだからな」

ぶっきらぼうに返した峻王が迅人を見る。

「具合どうだ？　フライト、大丈夫だったか？」

それは侑希も気になっていた。飛行機での長時間の移動はただでさえ疲れる。

「うん……ビジネスクラスだったから、フラットシートで横になれて楽だった」

「そうか。なら、よかったけど」

峻王がじわりと双眸を細め、小柄な兄をじっと見つめる。やがて、くんっと鼻を蠢《うごめ》かした。

「……何？」

迅人が訝しげに訊く。

「いや……別に」

若干気がかりの残った表情を浮かべつつも、峻王が首を振った。迅人が立っているのもしんどそうだったので、侑希は移動を促す。

「駐車場に車を駐めてあります。積もる話は車の中でしましょう」

駐車場で前後に別れて車に乗り込み、空港を出る。ハンドルを握る侑希が、これからの予定を説明した。

「このまま直接、水川さんの診療所に向かいます」

「水川には八時頃に着くって言ってある。その時間には大学病院から戻ってきてるはずだから」

峻王の補足に後部座席の賀門がうなずく。迅人は恋人の肩に気怠そうに寄りかかっている。車に乗ってからサングラスを外したのだが、顔色が悪いのが余計に目についた。

想像していたよりずっと弱って見えるその姿をミラー越しに窺いながら、侑希はひそかにショックを受けていた。

記憶の中の迅人が、いつも元気で朗《ほが》らかというイメージだったからなおのこと、ギャップが激しい。

自分ですらそうなのだから、賀門はそれこそ気が気じゃないだろう。恋人が辛い状況にあるのにどうすることもできない自分がたまらなく歯がゆいはずだ。

もし自分が彼の立場だったら……そう思っただけで気が滅入った。

水川さんが、なんとか原因を突き止めてくれればいいのだが。

そうして一日も早く回復して、元の元気な迅人に戻って欲しい。

そうでないと、峻王もダメージを受ける。この兄と弟は、普通の兄弟以上の強い絆で結ばれているから、きっとシンクロしてしまう。

（……頼みます）

祈るような気持ちで運転を続け、約一時間半後、水川家に隣接する旧『水川医院』に着いた。

かつて個人病院だったそこにはまだ、ひととおりの検査ができる医療設備が残っていた。亡くなった水川先代の意向で神宮寺のために残したらしい。

「迅人、ひさしぶり」

普段は封鎖されている『水川医院』の玄関を特別に開けて、ドクターコートの水川が出迎えてくれた。人なつこい笑みを浮かべているが、その目は迅人の顔色を鋭い眼差しでチェックしている。

「調子悪いんだって？」

「……うん……もうずっと吐き気と頭痛が収まらなくて……」

主治医の顔を見て気が緩んだのか、目を潤ませた迅人が涙声で訴えた。

「先生、迅人を診てやってください。お願いします」

迅人の傍らで賀門が深々と頭を下げる。

「お直りください、賀門さん。それと先生はよしてください。水川でいいですよ」

賀門が上体を戻してもう一度、「水川さん、よろしくお願いします」と言った。

「もちろんできる限りのことはします。――じゃあ迅人、診察室に行こうか。少し時間がかかりますので、みなさんはそちらのソファにかけてお待ちください」

迅人の肩に手をかけた水川が、ふらつく体を支えるようにして歩き出す。ふたりの姿が診察室に消えてもしばらくの間、残った三人はその場に立ち尽くしたままだった。

ただ立ち尽くしていても埒《らち》が明かないと気がついた侑希が最初に腰を下ろし、峻王にも「座れよ」と促す。ふたりが座ったあとも、賀門はひとり腰を下ろさず、落ち着かない様子で廊下を往ったり来たりしていた。

居ても立ってもいられない心情はわかったので、侑希も峻王もそんな賀門を黙って見守る。

これといった会話もなく、重苦しい空気の中、一時間は過ぎただろうか。

ガラッと診察室のドアが開き、白衣の水川が姿を見せた。

「……みんな、入ってくれ」

三人で顔を見合わせたのちに、まずは賀門が緊張の面持ちで廊下を歩き出す。その後ろを峻王、侑希の順で追った。

診察室に入ると、水川はデスクの前の椅子に座り、迅人は壁際の診察用ベッドに横たわっていた。賀門がベッドに近づき、屈み込んで迅人の手を握る。

「大丈夫か?」

「……うん」

うなずいた迅人の頬に賀門が触れた。あやすようにやさしくさする。

「——で?」

口火を切ったのは峻王だった。

「どうなんだ？」

切羽詰まった声の問いかけに、水川はすぐには答えなかった。

眉根を寄せて宙を睨みつけるその顔は、話しづらい話題をどう切り出すべきかを迷っているように見える。固唾を呑んで逡巡の表情を見つめているうちに、心臓がドキドキし始めた。

(何かまずい病気なのか？)

まさか……不治の病？

最悪の展開を思い浮かべた刹那、きゅうっと鳩尾《みぞおち》が縮こまり、鼓動がさらに速くなる。ちらっと横目で窺った峻王も険しい目つきをしていた。

「おい、どうなんだよ？」

ついに、答えがないことに苛立った峻王が水川に詰め寄る。

「峻王！」

侑希はあわてて峻王の腕を摑み、後ろに引っ張った。

「落ち着けって！」

ふーっと息を吐いた水川が、漸く口を開く。低い声が落ちた。

「迅人は妊娠している」

少しの間誰も反応せず、シ……ンと奇妙な沈黙が場を支配する。

「…………」

それも当然と半ば諦めたような顔つきで、水川がもう一度同じ台詞を繰り返した。

「迅人は妊娠している」

今度はシナプスが繋がり、耳を疑いつつも侑希は「ええっ」と大きな声を出す。

「に、妊娠!?」

「なっ……」

「はぁ!?」

賀門と峻王もほぼ同時に反応し、肝心の迅人だけが、まだぽかーんとしていた。

「てめっ……ふざけてねぇで本当のことを言えよ！」

峻王が血相を変えて水川に摑みかかる。胸座《むなぐら》を摑まれた水川が、しかし動じずに真顔で「ふざけていない。本当だ」と答えた。

その口調に何かを感じたのか、峻王が肩の力を抜く。のろのろと手を離してつぶやいた。

「……マジで？」

それでもまだ信じられないといった声音を耳に、侑希も呆然としていた。

頭を後ろからガツンと鉄槌で殴られたかのような、ここまでの衝撃を受けたのは、峻王の変身を初めて見た時以来だ。

いくら優秀な医者の見立てとはいえ、到底「ああ、そうですか」と呑み込める話じゃない。

だって迅人は男だ。人狼という人ならざる存在ではあるが、男性体であるのは紛れもない事実で……。

「実は昨日峻王と先生に会ったあと、家に帰ってから神宮寺に関する文献をさらったんだ。【イヴ】って単語はなかったが、気になる記述を見つけた」

水川が医者の顔でゆっくりと話し出す。

「極めて希なケースだが、遠い過去に、男性体で生まれた人狼が女性化し、子供を産んだ事例があったらしい。文献には【mutation】――突然変異型と記されていた」

「突然変異型？」

峻王が低く鸚鵡返しにした。

「まぁ、言ってしまえば人狼自体がすでに【mutation】であるわけなんだが。これは俺の推測だが、その中でもさらに特別なＤＮＡを持つ者――【idiosyncrasy】――特異体質がいて、種の保存のためにさらなる変異を起こすんじゃないか。神宮寺一族は現在、このままだと血が絶える絶滅の危機に瀕している」

「……そ、その危機を回避するために、迅人くんの体が変わったということですか？」

激しく混乱し、とっちらかった思考を必死に取り纏めて侑希が問うと、水川は「おそらく」と答える。

「迅人がもともと人狼の中でも特殊な遺伝子を持った【idiosyncrasy】だったところに、外的要因が重なっての事象だと思われる」

「………」

みんなまだ半信半疑なのか、しばらくの間沈黙が続いた。その視線が、やがて迅人に集まる。

水川の説明を受けて、どうやら妊娠が事実らしいと覚ったのか、白い貌がみるみる青ざめていく。薄茶色の瞳がゆらゆらと泳いだ。

「あ……」

唇をわななかせた迅人が、縋る眼差しで恋人を見る。さすがの賀門も動揺を隠せず、その顔は強ばっていた。

だがほどなく、気を取り直したように水川に向き合い、掠れた声を出す。

「つまり……迅人の一連の不調は、その……悪阻《つわり》だったってことですか？」

「そうです。今は急激に細胞が変化しているので不安定ですが、安定期に入れば落ち着くでしょう」

肯定された賀門が安堵の色を浮かべた。迅人を振り返り、よかったなというふうにうなずく。

だが、迅人は引き攣った表情筋を緩めることはなかった。

(病気じゃなかった)

それはよかった。本当によかったけれど……。

(……迅人に子供が……)

なんとも言えない複雑な心情を持て余す侑希の隣りで、峻王が質問を繰り出した。

「迅人はもう女性化しているのか？」

「少なくとも体の中はそうだ。すでに子宮もあるし、産道もできつつある。この先、体内の胎児が成長するにつれて、出産・産後に適した体にさらに変わっていくはずだ。もちろんある程度腹も膨らむし乳腺も張ってくる」

迅人が無意識の仕草か、硬い表情のまま自分の胸に手で触れる。次にその手を下に滑らせ、腹部をそっとさすった。

「そっか……それでか」

峻王が合点《がてん》がいったような声を出す。侑希は思わず「どういうことだ？」と訊いた。

「さっき空港に迎えに行った時、迅人から今まで嗅いだことのなかった不思議な匂いを感じたんだよ」

その説明で、そういえば峻王がしきりと鼻を蠢かしていたことを思い出した。

「一年離れてたし、海外で暮らしてたからそのせいで体臭が変わったのかとも思ったんだが……妊娠のせいだったのか」

「体臭の変化はホルモンに関係があるのかもしれない」

水川が推測を口にする。

いまだ体が変わりつつあることに実感の湧かない顔つきの迅人が、おずおずと水川に尋ねた。

「ど……どれくらいで生まれるの？」

「文献には詳しい記述がなかった。だが人間の女性が人狼を産んだ過去の事例や、人狼が出産時は狼で生まれることから推し量ると、最短でこの春には生まれる可能性がある」

答えた水川が、ギシッと背凭れに背中を預けて肩を竦める。

「なーんてもっともらしいことを言ってるが、俺にとっても初めてのケースだ。全部推測でしかないけどな」

と、そこでハタと我に返ったように賀門が、「ちょ、ちょっと待ってくれ！」と狼狽《うろた》えた声を出した。

「ってことはあれか？　腹の中の子供の父親は……俺か？」

「何今頃？　あんた以外に誰がいるんだよ？」

峻王にすかさず突っ込まれ、並外れて肝が据わっているはずの男がわかりやすく動揺する。

ガリガリと頭を掻き毟《むし》り、「そ……そうか。……俺か」と覚束ないつぶやきを落とした。

狼狽《ろうばい》も露な賀門が、どう接していいのか迷うような眼差しで迅人を見る。迅人も迅人で、不安そうな表情で恋人を見上げた。

どうやらふたりともまだ、おめでたの喜びより惑いや不安のほうが大きいらしい。

それも当然だろう。

特に賀門の受けた衝撃は、同じような立場としてよくわかった。

賀門とて、迅人を伴侶に選んだ時点で数奇な人生を覚悟していたはずだが、それにしたって男の恋人が自分の子を妊娠するとは、一パーセントも想定していなかったに違いない。

賀門より神宮寺一族とつき合いが長く、今更何があっても驚かないつもりでいた自分ですらこれだけ動揺しているのだから、その衝撃は推して知るべしだ。

「ひょっとして」

四人の中では一番はじめに冷静さを取り戻したらしい峻王が、何かを思案するような顔つきで口を開く。

「【イヴ】ってのが【idiosyncrasy】のことだとしたら……やつら、迅人が妊娠してることに気づいてたのか」

迅人がはっと息を呑み、記憶を探る面差しで「そういえば」と言った。

「……襲ってきた時に、匂いが漏れてるとかなんとか言ってた」

「やつらは、迅人が自分たちと同族であり、かつ突然変異する特別なＤＮＡの持ち主だと知った上で攫おうとした」

峻王の見解に水川が首肯《しゅこう》する。

「たぶん拉致の目的は迅人に自分たちの子供を産ませることだな。憶測でしかないが、彼らもなんらかの理由で絶滅の危機に瀕しており、種の存続のために迅人が必要だったんだろう」

「それだけやつらも追い詰められている。そう簡単には諦めないってことだ」

峻王が低く落とし、その場の全員の視線がふたたび迅人に集まる。迅人が青白い顔をふるふると左右に振った。

「俺……どうすれば……いい？」

「ここはやっぱり父親の意見を聞かなくちゃな。どうするつもりだ？」

峻王に問われて、賀門が眉間に皺を寄せる。真剣な面持ちでしばし思案したのちに、決断を下した。

「英国に戻ってもやつらに狙われるだけだ。日本で産むしかない」

峻王がうなずく。

「そのほうがいい。出産まで水川に診てもらえるしな。……ネックは親父と叔父貴、都築の三人だ。バレないようにしねぇと」

父や叔父の話を持ち出され、迅人がますます怯える目をした。その不安げな様子を不憫《ふびん》に思った侑希が、峻王に提案を持ちかける。

「いっそお父さんに話してしまうのはどうかな？　お腹の子は月也さんにとっても孫に当たるわけだし、悪いようにはしないんじゃないか」

「親父はな。だが、叔父貴と都築がどう判断するか。……さすがに堕《お》ろせとは言わないだろうが、下手すると生まれた子を取り上げられちまうかもしれねぇぞ」

「可能性はあるな。今のところ、神宮寺唯一の跡継ぎだ」

峻王の意見に水川が賛同した。迅人が小さく身震いして、賀門は渋い顔になる。

「親父たちには極力秘密にしたほうがいい」

峻王が出した結論に、賀門が「そうだな」と同意を示した。迅人の手を握って諭すように告げる。

「水川さんや峻王くんや先生の力を借りて日本で産もう。そのほうが安全だ」

「……士朗」

「大丈夫だ。みんながついている」

恋人の励ましの言葉に、まだ当惑を隠し切れないながらも、迅人がこくっとうなずく。一同の意見の一致を見て、峻王が「そうと決まれば」と場を纏めにかかった。

「まずは落ち着ける部屋を探さないとな」

5

その日の夜、本郷《ほんごう》の屋敷に戻った侑希《ゆうき》は早速、迅人《はやと》と賀門《がもん》が暮らす部屋を探し始めた。

最近は店舗が閉まっていても、インターネットで検索することができるから便利だ。

迅人と賀門は、今晩は賀門が東京の定宿にしているホテルに泊まることになった。

このまま数日間ならばホテル住まいでもいいが、出産がいつになるかもわからない。それに産後しばらくは、迅人も動けないだろう。

長い目で見れば、どこかに部屋を借りたほうが経済的だ。それにホテルだとスタッフや他の客の目がある。

いつ不測の事態が起こるか、現時点では誰も（水川《みずかわ》でさえ）予想がつかないし、もし何かトラブルが起こった際に、人の耳目《じもく》を集めるような環境はできるだけ避けたほうが無難だ。

そう判断して、インターネットで賃貸物件を当たり、その日中に大体の目星をつけた。

翌朝一番で不動産会社に電話を入れ、即日入居できる物件の内覧予約を入れた。

九時に月也《つきや》と岩切《いわきり》が出かけたあと、十時に峻王《たかお》と家を出る。

本来ならば、借り手となる当人たちが下見するのがベストなのだが、迅人は悪阻《つわり》で寝込んでいるし、賀門も迅人の側《そば》についているので動けない。ふたりが代行するしかなかった。

侑希が部屋を探すに当たって優先順位の一番に挙げたのは、水川の家に近いこと。迅人の容態が急変した際、すぐに診療所に運べるように、車で十分以内の物件を探した。それでいて本郷の屋敷に近過ぎてもいけない。近いほうが侑希や峻王は通いやすいが、一方で月也や岩切に見つかる危険性も高まる。そこそこの距離感が必要だ。

次に重要なのはセキュリティがしっかりしていること。エントランスの扉はオートロックが望ましい。

あとは近くにスーパーやコンビニがあるか、最寄り駅から徒歩圏内であるかなど、生活のしやすさも大切なポイントだろう。

そういった条件を満たした上で、即日入居可の物件となると、そう数は多くない。

不動産会社のスタッフと現地で落ち合い、賃貸マンションを二部屋内覧したが、日照が悪かったり図面で見るより狭かったりで、いまいち決め手に欠けた。

三軒目で漸《ようや》く納得のいく物件に当たり、これならばふたりもＯＫだろうと思えたので、不動産会社に仮押さえしてもらう。

マンションを出て、駐車場に駐めてあった車の中で賀門の携帯に電話した。

「もしもし、賀門さんですか？　立花《たちばな》です。今物件を見ていたんですが、いい部屋を見つけたので仮押さえしました。はい、それで契約は賀門さんと結ぶことになりますので、午後にでも不動産会社までご足労願えますか？　その間迅人くんはぼくたちで見ます。今からそちらに向かいますので、入れ替わりという感じで……はい、お願いします。……いいえ、今は冬休み中で時間の自由がききますからお気になさらず。失礼します」

携帯のフリップを折り畳み、ふっと息を吐く。

よかった。これで賀門が滞りなく契約を済ませば、あとは必要最低限の電化製品と日用品を購入して、早ければ明日にでも引っ越しができる。

とりあえず目星がついたことにほっとしていると、傍《かたわ》らからぼそっと声が届いた。

「いろいろ悪い」

「……………え？」

首を曲げて、助手席の峻王と目が合う。

「なんか……面倒全部引き受けてもらっちゃってさ」

滅多《めった》に見せないような殊勝な表情に面食らった。

「部屋探しとか、交渉とか、何もかもあんた任せで」

「いや、それは……彼らは動けないんだから仕方がないよ」

「じゃなくって、俺が役に立たねぇから」

めずらしく自虐的な台詞《せりふ》に驚く。いつだって俺様で不遜な峻王が……。

(自分を卑下するなんてめずらしい)

確かに今日の峻王には出番がなかった。でもそれは未成年なのだから仕方がない。

部屋探しに関してもコツがあり、自分は何度か引っ越しを経験しているし、借家暮らしも長かったからチェックすべきポイントがわかるが、生まれてこの方ずっと自宅暮らしの峻王に突然それを摑めというのは無理だろう。

「そりゃあおまえはまだ未成年だし、しょうがないよ」

慰《なぐさ》めたつもりだったが、余計にプライドを傷つけてしまったようだ。峻王がぷいっと顔を背けた。むっとしたように眉間に縦筋を刻んで前方を睨《にら》みつける。

「……ガキ扱いすんな」

しまった。地雷踏んだ。

「そんなつもりじゃな……」

「どーせ俺はガキだよ。ちくしょう……だから早く学生なんか卒業しちまいたかったのに」

吐き捨てるみたいな物言いに侑希は虚《きょ》を衝《つ》かれ、瞠目《どうもく》した。

「……峻王……おまえ」

「………」

「大学に行きたがらなかったのは……それが理由だったのか？」

てっきりめんどくさいからだとばかり思っていた。

まだそっぽを向いたまま、峻王が低く落とす。

「年齢差はどう足掻《あが》いたって縮まらねぇし一生あんたの年には追いつけない。けどせめて社会人になれば……ちょっとはあんたとの差が縮まるかもしんないだろ？」

「差って……別に俺とおまえの間にそんなものないじゃないか」

むしろ地味で真面目しか取り柄のない自分のほうが、カリスマ性を持つ峻王との「差」を常に感じてきた。

冴えない自分は若くて魅力的な恋人と釣り合わない気がして、いつも引け目を覚えていた。

「そんなことねぇよ。なんだかんだ言ってあんたは大人だしな」

「大人？」

「控えめだけど、いざという時はしっかりしてて頼りになるし、俺のことちゃんと叱ってもくれる。それでいて適度に甘やかしてもくれる」

こんなふうに手放しで誉《ほ》められた経験など過去にほとんどないので、首筋がじわじわと熱くなった。背中がくすぐったくて尻がもぞもぞする。

「だからついいい気になって甘えちまうけど……いつまでもそれじゃダメなんだ」

自分に言い聞かせるような口調に誘われ、侑希は峻王の横顔を見た。

「峻王？」

「ずっと今のまんまじゃいつかあんたに愛想尽かされる。男として成長して人間的にも大きくなって、いつかはあんたを支えられるようにならねぇと」

焦燥《しょうそう》が滲《にじ》んだ声に心底びっくりする。

(そんなこと……思ってたのか)

平素はふてぶてしいほどに唯我独尊《ゆいがどくそん》な俺様男の、思いがけない純真さに胸を衝かれ——衒《てら》いのない素直な言葉が胸に染みて、目頭が少し熱くなった。

自分では気がついていないのかもしれないが、峻王は確実に成長している。

以前は獣の欲望に忠実に、欲しければ力尽くで奪っていた。それがこの二年で、自分の欲求を我慢して、相手を思いやることを覚えた。そうして今は、大切な相手を支えるために、自分が成長したいと願うようにまでなった。

すごい進歩だ。

その成長が我がことのように嬉しくて、思わず手を伸ばして硬い二の腕に触れる。峻王がびくっと身じろいだ。

「ありがとう……そんなふうに思ってくれて嬉しいよ」

心からの感謝の言葉を紡ぎ、引き締まった肩に体を預ける。

「……でも今のおまえで充分だけどな」

最後の囁きは聞こえなかったのか、峻王が「先生？」と呼んで、侑希の手を握ってきた。

繁殖期のせいか、自分より体温の高い手のひら。大きくてあたたかい手に包まれる安寧にしばらく身を任せてから、侑希はふっと零《こぼ》した。

「……俺こそ……ごめん」

「何が？」

怪訝《けげん》そうな声で問い返され、少し躊躇《ためら》う。

迷ったが、このまま胸の中に押し込めておくと、いつか爆発しそうで……。

昨日の衝撃の展開からずっと胸に巣くっていたモヤモヤとした感情を思い切って口にする。

「賀門さんと迅人くん、あのふたりには子供ができた。……でも俺たちは……」

最後まで言葉にできず、唇を噛んだ。峻王が握っていた手をきつく摑み、顔を覗《のぞ》き込んでくる。

「何言ってんだよ？　その話はこの前ケリがついただろ？」

険しい表情を見つめ返して、侑希は首を振った。

「誤解しないでくれ。彼らを妬《ねた》んだり、羨んだりしているわけじゃない。神宮寺《じんぐうじ》家に跡継ぎができるのは喜ぶべきことだ。今はまだ報告できないけれど、月也さんのためにも本当によかったと思っている。神宮寺の血を繋いでくれる迅人くんには心から感謝しているし、彼が無事に出産できるよう、できる限りのフォローをしたいとも思っている」

侑希の目を見て本心だと思ったのだろう。峻王が眉をひそめる。

「だったらなんで？」

「おまえの気持ちを思うと……。あんなに子供を欲しがっていたのに」

迅人が妊娠した今、男同士だから子供ができないという大前提が崩れてしまった。

迅人は男性体でありながら、愛する賀門のために、体を変えてまで子供を産もうとしている。

そう考えると、彼と比べて自分の峻王への愛情が足りていない気がして……。

考え過ぎかもしれない。そんなことで自分を責めるのは間違っている。自分はただの人間なんだから、女性化するなんて空を飛べないのと同様にできなくて当然。できもしないことでコンプレックスを抱いてぐだぐだ悩むなんて時間の無駄だ。

迅人の妊娠によって神宮寺の血が絶える危機を回避できた。一番の杞憂《きゆう》が解消されたのだから、喜ぶべきなのだとわかっている。

頭ではわかっていても、昨日の夜は悶々《もんもん》と考えてしまってまんじりともできなかった。

もし、自分が女性だったら。いや、女性でなくても人狼だったら。人狼の中でも特殊なタイプだったら……。

峻王のために産んでやれたのに。

ぐるぐる考えているうちに、どんどん非科学的な方向へ思考が転がっていってしまう。

「先生」

峻王が低い声で呼んだ。

「あんた、またろくでもねぇこと考えてるだろう?」

「…………」

俯いて答えない侑希に、峻王がちっと舌打ちをした。

「ったく、何度も同じこと言わせせんなよ」

侑希の顎《あご》に峻王の手がかかり、ぐいっと顔を仰向けさせられる。無理矢理に視線を合わせられた。強い眼差《まなざ》しにまっすぐ射貫《いぬ》かれる。

「いいか? この件であんたが自分を責めるのはお門違いだ。俺はあんただから好きになった。あんたを好きになったら、たまたま男だった。だから子供はできない。子供に関してはそれ以上でも以下でもない。一番大事なのは、今目の前にいるのが……そしてこの先もずっと一緒にいたいと願うのが、他の誰でもない、あんただってことだ」

熱を湛《たた》えた黒い瞳に、不安そうな自分が映り込んでいる。

「……峻王」

「俺はあんたがいればいいんだ」

「…………」

「あんただけだ」

真摯《しんし》な言葉が胸にすとんと落ちてきた瞬間、モヤモヤとした靄《もや》が晴れていくのを感じた。

シンプルだからこそ、力強い言葉。

どんなに飾り立てた言葉よりも自分を勇気づけ、奮い立たせる。

ふっと力を抜いたとたん、胸に引き寄せられ、ぎゅっと強く抱き締められた。

「……たか……っ」

「……ごめん」

首筋に掠れた低音が落ちる。

「あんたが不安になるのはわかる。ごめんな……また巻き添えにしちまって」

「そんなこと……」

峻王の腕の中で侑希は首を振った。

「全然いいんだ。迅人くんはもとより、お腹の子供もおまえと血が繋がっている。俺にとっても大切な存在だよ。彼らのために手を尽くすのは当然だ」

峻王が「サンキュー」とつぶやき、腕の力を緩める。侑希を少し離して目を見つめてきた。

「俺もさ、家なんか潰れちまっても構わないと思ってたけど……こうなってみれば、迅人が跡継ぎを産んでくれるのは神宮寺のためにはよかったと思うよ。——とにかく今俺らにできるのは、迅人が無事に出産できるようフォローすることだ」

「……ああ、そうだな」

峻王の言葉にうなずく。

そうだ。個人の埒《らち》もない懊悩《おうのう》に囚われている場合じゃない。

そんな暇があったら神宮寺一族の未来のために、今自分にできること、すべきことに全力を注ぐべきだ。


その後、無事に契約を済ませた賀門がホテルに戻ってきたのと入れ替わりに、峻王と侑希は量販店へ赴き、電化製品をひととおり揃えた。

家具は、絶対に必要なベッドとダイニングテーブルセットを購入。カーテンと布団類はインターネットで注文した。

最低限の生活必需品さえ確保できれば、残りは迅人が安定期に入ってから、追い追いふたりで好みのものを揃えていけばいい。

翌日の午前中、峻王と侑希は新居で待機し、次々と届くベッドや家電製品を受け取り、ひとまずは適所と思われる場所に配置した。

迎え入れる準備が整ったところで賀門に連絡を入れる。一時間後、ホテルからタクシーを使ってふたりが到着した。

「……ここが新しい部屋？」

新居に足を踏み入れた迅人が、ぐるりと部屋の中を見回す。まだ顔色は優れなかったが、自分の足で立っているところを見ると、徐々に体力を取り戻しつつあるのかもしれない。

「とりあえず、暮らしやすそうな間取りの角部屋で、窓が多くてよく陽が当たる部屋を選んでみた。床暖房も完備だし、日中なら暖房がいらないくらいにあったかいはずだ」

侑希の説明に「本当に明るいですね」と迅人が同意し、ゆっくりと２ＬＤＫの部屋を見て回った。迅人の傍らにはぴったりと賀門が寄り添う。

「ここが寝室？」

キングサイズのベッドが中央に置かれた部屋を覗き込んで迅人が訊《き》いた。

「賀門さんに相談してベッドを用意した。布団は上げ下げが大変かと思って」

侑希の答えに迅人がうなずく。

「そうですね。今は特に……」

「家具はこのベッドと食事をするためのダイニングテーブルセットだけ取り急ぎ揃えてある。あとはふたりで好きなものを選んでくれ。もうひとつの部屋は賀門さんが仕事場に使うかなと思って、まだ何も入れてない。キッチン関係も買ったのは冷蔵庫と電子レンジだけ」

「いろいろお気遣いくださって、ありがとうございます」

神妙な面持ちの迅人がかしこまった口調で礼を述べ、賀門も「本当に何から何まですみません」

と恐縮した声を出した。

「おふたりには世話になりっぱなしで……」

「足を洗ったとはいえ、元やくざの組長に頭を深々と下げられ、侑希はあわてた。

「賀門さん、困った時はお互い様です。それに……おふたりのお子さんはぼくたちにとっても家族ですから」

「そういうこと。ガラにもない遠慮とかいらねぇから」

峻王がぞんざいに言い放ち、賀門がふっと唇の片端を持ち上げる。

「助かるよ。……けど、この借りはいつか必ず返す」

「もう返してもらってるよ」

峻王がぼそっとつぶやき、聞き取れなかったらしい賀門が「あ？」と訊き返した。

「今なんて言った？」

「……なんでもねえ。――あんたさ、料理得意なんだろ？　迅人のために何か美味《うま》いもん作ってやってよ。栄養ついて元気出るやつ」

「ああ、わかった。そうする」

そのやりとりを聞いていた侑希は、否応もなく妊婦となってしまった迅人はともかくとして、賀門のほうも、このイレギュラーな状況を受け止める覚悟みたいなものが固まりつつあるのかな、と推測した。

一昨日、恋人の妊娠を知らされた時は、さすがに愕然《がくぜん》としていたが。

（とは言っても、本当に実感が湧くまでにはまだ時間がかかるんだろうけど）

かくいう侑希だって、まだ完全には迅人の妊娠を信じ切れていないところがある。その前提で動いているし、無事な出産のためにあれこれと思索を巡らせたりもしているわけだが、一方で、男が妊娠なんてあり得ない……という凝《こ》り固まった概念が頭の片隅にこびりついていて、そう簡単には剝《は》がれ落ちないのだ。

人狼という世のテーゼを覆《くつがえ》す存在と共に暮らしているのにもかかわらず……まだ自分が世間一般の常識に囚われているのを痛感する。

お腹が出てきたり、お乳が張ってきたり、目に見えて妊娠の兆候が現れればまた違うのかもしれないけれど。

急には無理だ。

時間をかけて少しずつ現状に慣れ、現実として受け容れていくしかない。

出産までには、まだ何が起こるかわからない。

何かトラブルが起きたらその都度、水川を含めた五人で力を合わせて対処していこう。


そしてトラブルは思いの外早くやってきた。翌日のことだ。

（冬休みも今日を入れて残り二日、か）

学校が始まってしまうと、自分も峻王も日中は動けなくなる。

それまでになるべく迅人と賀門の新居を生活しやすい環境に整えておきたい。

(迅人くんの体調も落ち着いてきたし、そろそろ子供が生まれたあとのことも考えたほうがいいのかもしれないな)

そんなふうに思い立った侑希は、朝食のあとで自分の部屋に戻り、ノートパソコンを立ち上げた。

産着やおむつなど、新生児に必要なものをインターネットで検索していると、傍らに置いてあった携帯が鳴り始める。サブ液晶画面に【賀門】の表示を見て眉根を寄せた。迅人に何かあったのだろうか。急《せ》いた指で通話ボタンを押す。

「はい、もしもし」

『立花先生ですか。賀門です』

深みのある低音が耳に届いた。

「どうしました？　迅人くんに何か……」

『あ、いいえ、迅人は大丈夫です。ここ二日ばかりは随分と落ち着いてきて、吐くこともありませんし、今朝も少量ですが朝食を食べて今は眠っています』

「そうですか」

それを聞いてほっとする。

『それでですね』

少し言いにくそうな声音で、賀門が切り出してきた。

『本日できたら午後から外出をと考えてまして』

「おひとりでですか？」

『はい』

なるほど、そういうことか。

賀門にも仕事があるし（足を洗った現在、個人投資家であると聞いていた）、ずっと迅人に付きっきりだったのだから、たまにはひとりになる時間も必要だろう。自分のための買い物だってしたいに違いない。

そう考えた侑希は、「わかりました。午後からそちらに伺《うかが》います」と言った。

体調が落ち着きつつあるとは言っても妊婦なので、ひとりにするのが不安な賀門の気持ちはよくわかる。迅人だって心細いだろうと思ったからだ。

『本当ですか？　助かります。先生には甘えてばかりでほんと申し訳ない』

「明日まで冬休みですし、今日は特に予定もありませんから」

逆を言えば、明後日からはこの手のフォローができなくなる。

誰かシッターかヘルパーを頼めるといいのだが、事情が事情なので、そう簡単に適任者は見つからないだろう。当面の懸案事項だ。

「じゃあ、これから用意をして向かいます」

『ご足労すみません』

通話を切り、そのまま峻王にメールを入れる。

実は今日はめずらしく、峻王は月也のお供で親類の家に出かけていた。遠縁に当たる人が病床にあり、もう長くはないということで見舞いに行ったのだ。

出かける間際まで「行きたくねえ」とごねていたが、月也の指名となればさすがにエスケープするわけにもいかず、渋々一緒に出かけていった。今日は峻王が同行するので、いつもお伴の岩切は屋敷に残っている。浅草《あさくさ》の事務所には午後から出るようだ。

【これから迅人くんのマンションに行くことになった。賀門さんが外出するとのことで留守番だ。何かあったらメールする】

メールを送信して携帯を折り畳み、出かける支度をした。迅人が退屈しないように何冊か本を見繕い、自分用の本と一緒に肩掛けのトートバッグに入れる。

ダッフルコートを羽織り、マフラーを巻いて、部屋から直接庭に出た。母屋を通って岩切と顔を合わせるのは気まずかったからだ。

秘密を持っているせいか、ここ数日なんとなく、彼や月也さんに対して後ろめたい気分があるのは否めない。

どこへ行くのかを問われたら、嘘が下手な自分は表情《かお》に出てしまいそうだ。

(いつか……すべてを明かせる日が来るといいんだが)

岩切にとっても、迅人の子供は血の繋がった甥の子供。

それと同時に、神宮寺一族の跡継ぎとなる子供だ。

――だが、叔父貴と都築《つづき》がどう対応するか。……下手すると、生まれた子を取り上げられちまうかもしれねぇぞ。

峻王の危惧を考え過ぎだと笑うことはできない。

半ば諦めていた跡継ぎの存在を知れば、彼らは「より確実に」その血を残そうと考えるだろう。生まれた子供を賀門と迅人から取り上げ、自分たちの手で育てようとする可能性は高い。

親子が引き離されるような悲劇を避けるためにも、迅人と、そのお腹の子の存在を彼らに知られてはならない。

改めて心に刻みつけ、外門に向かって庭を横切り始めた侑希は、中ほどまで行ったあたりで「先生」と呼び止められた。

「………っ」

不意打ちに肩が揺れる。おそるおそる振り返って、百九十近い偉丈夫を認めた。

「い……岩切さん」

白いシャツに黒いジャケットを羽織った、見るからに只者《ただもの》ではない男が、ゆっくりと歩み寄ってくる。侑希の一歩手前で足を止め、遙か頭上からまっすぐ見下ろしてきた。

「お出かけですか？」

「あ……ちょっと買い物に」

「どちらへ？」

「し、渋谷《しぶや》に」

尋問口調に気圧《けお》され、とっさに苦し紛れの返答が口をついてしまう。

「渋谷に？」

侑希が普段渋谷にショッピングに行くようなタイプではないと知っている岩切が、じわりと双《そう》眸《ぼう》を細めた。そのままじっと侑希の顔を見据えてくる。

「…………」

真意を見透かすような鋭い視線に、背筋がぴりぴりと痺れた。

二年近く一緒に暮らして、ここ一年ばかりは気心も知れ、男がやくざ組織の幹部であることを忘れかけていたが、本気を出されればやはり並みの迫力じゃない。

「あ……あの」

無言のプレッシャーに耐えられず、侑希はおどおどと口を開いた。

「何か……問題でも？」

「最近先生は連日出かけて夜も遅い。冬休みとはいえ、あまりに外出が頻繁《ひんぱん》なので何かあったのかと心配になりましてね」

ぎくりとする。やはりここ数日の行動を訝《いぶか》しく思われていたのだ。朝早くから出かけて夜も外食が続いていたから……。

それにプラスして——自分ではそんなつもりはなかったが——後ろめたい心情が無意識にも言動に出てしまっていたのかもしれない。

（まずい。疑われている）

なんとか誤魔化《ごまか》さないと。

そう思えば思うほどに心臓がドキドキして首筋が熱くなってきた。脇の下がじわっと汗で濡れる。侑希は眼鏡のフレームに手をやり、ぎくしゃくとポジションを直した。

「別に……何もありません」

小声で否定しても、岩切は疑惑の眼差しを緩めない。強い視線に圧し負けそうになったが、ここで目を伏せたら負けだと思った。

下腹部に力を入れ、顎《あご》をぐいっと持ち上げて、男の目をまっすぐ見返した。

「本当です。本当に何もありません。せっかくの休みなので峻王くんと映画を観に行ったり、ちょっと遠出したりが、たまたま重なっただけです」

淀みなく言い切ると、しばらく黙っていた岩切がおもむろに口を開く。

「先生、あんたはすでに俺たちの家族だ」

「…………」

「だが、同時に異分子であることもまた紛れもない事実。残念ながら俺は立場上、異分子であるあんたを完全に信用することはできない。少しでも行動に違和感を感じれば、あんたを疑うし、状況によっては力尽くで自白を強《し》いることも辞さない。それは忘れないでくれ」

低い声で釘を刺され、侑希は顔が強ばるのを感じた。

やはり……信用されていないのか。

二年が過ぎてもいまだに一族を裏切る可能性があると思われていたことがショックだった。

いや、事実、今の自分は岩切に対して秘密を持っているのだから、そう思われても仕方がないのかもしれないが。

唇を噛み締めていると、岩切が軽く頭を下げて踵《きびす》を返す。

立ち去っていく大柄な男を、侑希は両手の拳《こぶし》を握り締めて見送った。

6

「どうしても出かけるの？」

ベッドに半身を起こした迅人は、トレイに昼ご飯を載せて運んできた賀門に訊いた。

「……ああ。今日明日中に済ませておきたい用事があってな」

「……仕事？」

「まぁ、そんなもんだ」

答えながら賀門がトレイをベッドの端に置いた。そのあとで自分もベッドに腰掛け、トレイの上の小さな土鍋の蓋を開ける。たちまち湯気が立ち上った。

「シラスと卵のおじやだ。大根とにんじんと三つ葉も入ってる」

説明どおり、卵色のおじやの中にはオレンジ色のにんじんらしきものと、グリーンの葉っぱが見えた。

「やっと食えるようになってきたんだ。消化のいいもんでできるだけ栄養つけねぇとな」

賀門がおじやを蓮華《れんげ》で掬《すく》って、ふーふーと冷ます。湯気がなくなるのを待って「よし」とひとりごち、蓮華を迅人の口許に運んだ。

「ほら、あーん」

促されて無意識に「あーん」と口を開ける。口の中に入ってきた蓮華から、おじやを啜った。

「焦《あせ》らずゆっくり咀嚼《そしゃく》しろ」

迅人がごくりと呑み込むと、賀門が口の端から零れたおじやをタオルで拭ってくれる。

「どうだ？」

「ん……美味しい」

実は、嗅覚が敏感になり過ぎてシラスの匂いがちょっとキツかったけれど、そう答えた。本当のことを言うのは、せっかく作ってくれた賀門に悪いと思ったからだ。

賀門がふたたびおじやを掬い取った。冷まして迅人の口に運んでまた土鍋から掬って……を三度繰り返したところで、迅人は顔を背ける。

「もうお腹いっぱい」

「もう少し食えよ。栄養つけねぇと体力戻んないぞ」

賀門が渋面を作ったが、力なく首を横に振った。

お腹の子のためにも栄養をつけなくちゃいけないとわかっていても、食欲がないのはどうすることもできない。

「ごめん……せっかく作ってくれたのに」

「まぁ……焦ってもしょうがねぇな」

賀門がため息混じりにつぶやく。

「体調自体は薄皮を剝がすように少しずつよくなってるし、ゆっくり回復していけばいいさ。病気じゃないんだから」

「……うん」

賀門が土鍋に蓋をし、トレイを持って立ち上がった。土鍋を下げるために恋人が寝室から出て行くのを見送って、迅人はぱふんと枕に後頭部を沈める。まだ見慣れない天井を見つめた。

そう――病気じゃない。

それに関しては本当によかった。原因がわからなかった時は本気でこのまま死んじゃうんじゃないかと心配だったから。

けれど……原因がわかって、それまでとは別の不安が頭をもたげてきた。

妊娠した自分の体が、この先どうなっていくのか。

今はまだ外見上は以前と変わらないけれど……そのうち少しずつ女性体に変化していって、最終的に腹が膨《ふく》れるのか。胸も？　性器は？　出産のあとで元に戻るのか。

そもそも出産はいつ頃になるのだろう。

自分のことなのに、皆目《かいもく》見当がつかない。男で妊娠して出産するのはレアケースで、主治医の水川にも予想がつかないのだから、自分にわかるわけがない。

母さんが自分たちを産んだ時はどうだったのだろう。自分が生まれた際の記憶はもちろんないし、峻王の時もまだ一歳だったので覚えていない。

ただ、自分たちは狼の姿で生まれるのだという話は聞いたことがある。その後、一ヶ月ほどで徐々に人間になるという話だった。だとすると、出産時は大型犬の赤ん坊くらいの大きさで、お産は比較的楽なのかもしれない。あくまで人間と比べての話だが。

お産の状況は父や叔父に訊くのが一番なのだが、現状ではそれも許されない。

はぁ……と嘆息が漏れる。

本当のことを言えば、今でもまだ、自分の中に新しい命が宿っている実感が湧かない。

まさか自分が妊娠するなんて……男としてこの世に生を受けて十九年間、当たり前だが想像したこともなかった。

想定外も想定外。想定の斜め上の展開とはまさにこのことだ。

自分が親になるのをうっすら想像したことがあっても、それは当然ながら父親としてで、決して母親ではなかった。もしかしたら女の子には「いつかは赤ちゃんを産む」覚悟が自然と備わっているものなのかもしれないけれど、自分には……。

（……赤ちゃん……か）

もろもろ不安はあるものの、賀門との赤ちゃんができたのは……嬉しい。

愛するひととの間に、ふたりの子供ができたのだ。新しい家族が増えるのだ。

嬉しくないはずがない。

そう自分に言い聞かせて、そのあとで（……たぶん）と付け足す。

正直なところ、よくわからないのだ。母になった喜びとか、そういうの……まだわからない。

賀門もそうなのかな――と思う。

賀門からはまだ、子供に関してのコメントがない。さっきみたいに迅人の体調を気遣い、甲斐《かい》甲斐《がい》しく世話を焼いてくれはするけれど、その口から「子供ができてよかったな」という言葉はいまだ発せられていなかった。賀門がどう思っているのかがわからないのと、男のくせに妊娠したのがなんとなく気恥ずかしいのとで、迅人もそこに触れられないままに数日が過ぎて……。

（もしかしたら）

口にこそ出さないけれど、賀門は子供ができたことを重荷に感じているんじゃないだろうか？生涯のパートナーが人狼だっていうだけでも十二分にイレギュラーで、自分ひとりでさえ賀門にとって荷が重いはずだ。

そもそもは自分のせいで、賀門は日本での生活基盤をすべて捨てざるを得なかった。一年間の逃亡生活を経て、漸く見つけた安住の地からも逃げ出さなくてはならなかった。日本に帰ってきても、身を潜《ひそ》めてこそこそと暮らさなければいけない。迅人のケアをするために、外出もままならない。

そう考えれば、普通の人間なら投げ出してもおかしくないお荷物だ。

その上、予定外に子供ができちゃって……持て余し気味なのかも。

そうだとしても責めることはできない。

だって「男同士」で「人狼」で「男なのに妊娠」の三重苦なわけで。しかも、生まれた子供もまた人狼。

（……重い——って思うよな）

もし賀門が出産に前向きじゃない場合、ただでさえ特殊な要因を持つ子供をふたりでちゃんと育てていけるんだろうか。

自分と賀門のふたりなら、父や御三家の力を借りなくてもなんとかなると思っていた。でも子供ができるとなれば話は別だ。子供はすぐに体調を崩すし、たぶんしょっちゅう怪我だってする。実家の力を借りず、むしろ彼らに存在を知られないようにひっそり子供を育てるなんて――育児未経験の男親ふたりで、そんなことが本当にできるのか？

考えれば考えるほど気が重くなってくる。自信がない。

おまけに今日になって賀門が午後から外出すると言い出した。単独行動は日本に帰ってから初めてのことだ。しかも理由をはっきり言ってくれない。はぐらかされているようで、なんだか気持ちがモヤモヤした。

できることならついていきたい。今までだったらどこに行くのだって一緒だった。

でも今は……。

(自分でもだいぶ悪阻は収まってきたと思うけど、さすがに外出は無理)

「……はぁ」

また、ため息が出た。

いつまでこんな状態が続くんだろう？

まさか出産まで？

そんなの嫌だ。ずっとマンションに籠《こも》りっ切りの生活なんて耐えられない。

賀門にも迷惑かけっぱなしで……本当に愛想尽かされちゃうよ。

ぎゅっと奥歯を噛み締めた時、ピンポーンとチャイムが鳴った。

（立花先生？）

さっき賀門が自分が留守の間のフォローを立花に頼んだと言っていたのできっとそうだ。ここを知っているのは峻王と彼だけだし、まず間違いないだろう。

賀門がインターフォンで応答している声が聞こえ、ややして今度は部屋のチャイムが鳴る。

迅人は上半身を起こして耳を澄ませた。玄関のドアが開く気配。

「お邪魔します」

果たして、立花の声が聞こえてきた。

「先生、わざわざお越しいただいてすみません」

「いえいえ……今日は峻王が月也さんと出かけてしまって、ひとりで時間を持て余していたんです」

立花の穏やかな物言いから、賀門の負い目を少しでも軽減しようとする配慮が伝わってくる。

（本当にいい人だよな）

峻王は得難《えがた》い人生の伴侶を捕まえた。峻王の目に狂いはなかった。

最初に峻王が先生に執着しているのを知った時は、正直どうして？　と思わなくもなかった。

男同士というのが第一の理由。それに立花は真面目で誠実な教師ではあったけれど、これといった目立った個性があるわけでもなく、峻王が惚れるにしては地味な印象が拭えなかったから。

でも、峻王のために命を投げ出す思いがけない剛胆さや真摯で熱い一面を知るにつれ、迅人自身も次第に立花に惹かれていった。クレバーだし、何よりやさしくて面倒見がいい。

今回の件だって、嫌な顔ひとつ見せずにあちこち駆けずり回って、自分たちを陰ひなたに支えてくれている。

外見も、峻王と一緒に過ごすうちにどんどん綺麗《きれい》になって、今では時々はっと胸を突かれるくらいに表情が艶っぽい時がある。

峻王も峻王で、この二年でぐっと大人びて男らしさが増した。

今となってはふたりは、誰もが納得するお似合いのカップルだ。

そんなことを思っていると、寝室のドアが開く。

「迅人。先生がいらしてくださったぞ」

「迅人くん、調子はどう？」

賀門の背後から立花がひょいと顔を覗かせた。

「おかげ様で、今日は一度も吐いていません」

「先程もおじやを食べたんですよ。まだ量は多く食べられませんが、前は食べるそばから戻していたんで格段の進歩です」

賀門の説明に、立花が「そう、よかった」と微笑む。寝室の中に入ってきて、ベッドの傍らに立ち、肩にかけているトートバッグの中から数冊の本を取り出した。

「これ、日本人の数学者で俺が尊敬している人の著書なんだけど、難しい学術書とかじゃなくて、エッセイみたいなテイストの本なんだ。読みやすいから、よかったら読んでみて？」

「わ、ありがとうございます」

迅人が学生の時、立花に授業を受け持ってもらったことがあった。割と数学は好きで、よく質問にも行っていたので、数学関連の本を見繕ってくれたんだろう。

「すみません、先生。では留守中迅人をよろしくお願いします」

革のロングコートを羽織った賀門が、寝室に入ってきて立花に頭を下げる。

「定期的に連絡は入れますので、もし何かありましたら、そちらからも連絡をお願いします」

「わかりました。お任せください」

立花が請け負い、賀門がベッドに近づいてきた。身を屈めて迅人の顔を覗き込む。

「いい子にして先生に迷惑かけるなよ」

「……行っちゃうの？」

上目遣いに賀門を見上げた迅人の口から、つい恨みがましい声が漏れた。視界の中の恋人がふっと表情を翳《かげ》らせる。

「……なるべく早く戻る」

宥めるように迅人の頭を大きな手でぐりぐりと撫でて、「じゃあな」と身を引いた。

立花がいるので、行ってきますのキスもなし。最後にもう一度立花に軽く頭を下げ、迅人に手を振って寝室を出て行く。見送るためか、立花がそのあとを追った。

迅人はしょんぼりと賀門の出て行ったドアを見つめる。ほどなくしてパタンと玄関のドアの開閉音が聞こえた。

（……行っちゃった）

ずーんと鳩尾《みぞおち》のあたりが重苦しくなる。

たかが半日離れるだけでこんなにも心が不安定になる自分は、たぶん相当にナーヴァスになっているのだ。

これから先の困難を思えば、今の何倍もしっかりしてもっと全然強くならなきゃいけないのに。なのに、賀門が側にいないと不安でたまらない。胸がどんよりと重く沈んで、なんだか意味もなく泣きたくなってくる。

ベッドの上で膝を抱えて顔を埋めていると、寝室のドアが開き、立花が戻ってきた。

「迅人くん？」

びっくりしたような声を出して、ベッドに近づいてくる。

「どうしたの？　具合悪い？」

迅人は顔を伏せたまま、首を小さく振った。

「……違うんです……ごめんなさい……自分でもこんな自分おかしいってわかってるんだけどどうしようもできなくって……急にものすごくへこんだり、意味もなくイライラしたり、感情がコントロールできないんです」

しばらく黙っていた立花が、ベッドの縁に腰を下ろした。迅人の背中に手を置いて、ゆっくりと上下する。

「マタニティブルーってやつじゃないかな？」

迅人はのろのろと頭を上げた。

「マタニティブルー？」

「特に初めての妊娠の時は精神状態が不安定になりがちだっていう話は聞くよ。新しい命を生み出すってそれだけ大変なことだ。迅人くんの場合は、普通の妊娠より特殊なケースだし、動揺したり、落ち込んだり、不安になったりしても当たり前だと思う。その割には取り乱したりせずによく自制していると感心していた。やっぱり長男なんだなぁって」

宥めるような口調と、背中のやさしい手の動きに、少し気持ちが楽になってくる。

「すみません。弱音吐いちゃって……」

「俺でいいなら、どんどん吐き出してくれて構わないよ。パートナーだからこそ賀門さんに言いづらいこともあるだろうし」

「ありがとうございます」

微笑んで迅人の背中をさすっていた立花が、ぽつりとつぶやいた。

「きみが背負っているものの大きさ、大変さを重々わかった上で、それでもきみが羨ましくもあるんだ」

「先生？」

「どんなにがんばっても、俺は峻王の子供を宿すことはできない」

あっと思った。

妊娠が発覚して以降自分のことでいっぱいいっぱいで、立花の心情に思いを巡らせる余裕もなかったけれど。

（そうか……そうだよな）

あれだけ深く愛し合っているのだ。パートナーとしての生活も二年が過ぎれば、愛の結晶が欲しいと思うのは自然の成り行き。

でも立花は人間で、天地がひっくり返っても峻王の子を妊娠することはあり得ない。

そんな時に、同じような立場の自分の妊娠が発覚したのだから、一筋縄ではいかない複雑な想いを抱くのも当然だ。

「…………」

それでも、そういったやるせない心情を押し殺して、自分たちのために動いてくれている。

なのにそんな立花相手に愚痴《ぐち》なんか吐いてしまって。

「ごめん……なさい」

思わず謝罪の言葉が口をついた。しかし、立花は静かに首を横に振った。

「迅人くんが謝る必要はないよ。俺にはできないことをやってくれるきみには感謝しているんだ。きみは神宮寺の血を絶えさせないために、体を変えてまで新しい命を誕生させようとしている。誰にでもできることじゃない。……俺は、きみが元気な子を産めるよう、できる限りの手助けをしたい。今は月也さんや岩切さんを欺《あざむ》く形になってしまっているけれど、いつかはきっとわかってもらえる。最終的には神宮寺家のためになると信じて」

「……先生」

「だからね、辛い時は頼ってくれていいんだ。一緒に乗り越えていこう。俺だけじゃない。峻王だってついている。もちろん賀門さんは一番の味方だ。子供のお父さんなんだからね。みんなで力を合わせて一緒に乗り越えて、元気な赤ちゃんを誕生させよう」

励ましの言葉に、迅人は感じ入った面持ちで「はい」とうなずいた。

自分はひとりじゃない。みんながついていてくれるんだ。

立花のおかげで改めてそう思えた。

賀門が帰ってきたら、子供についてどう思っているのかをきちんと聞いてみよう。

そうして、ゆっくり少しずつでいいから、生まれた子供をどう育てていくかをふたりで話し合っていこう。

この先どうすべきかが自分の中で整理されたせいか、気持ちも落ち着いてくる。

顔つきからそれを覚《さと》ったのだろう。立花がぽんと肩を叩いた。

「じゃあ、俺はリビングにいるから、何かあったら呼んでくれ」

そう言い置いて、立花が寝室を出て行こうとした時だった。

キンコーン、キンコーンとチャイムが鳴る。立花が足を止めた。

「あれ？」

首を傾げて迅人を振り返る。

「これって、部屋のチャイムだよね？」

「はい……そうです」

一階のオートロックの自動ドアの呼び出しチャイムとは音色が違う。この音が聞こえるということは、来客がオートロックドアを通過してエレベーターを使い、すでにこの部屋の前に立っているということだ。

「一階の呼び出し音って鳴った？」

「いいえ。聞こえませんでした」

「……おかしいな」

首を傾げつつ、立花がインターフォンに向かった。迅人もなんとなく嫌な予感を覚え、ベッドから起き上がる。部屋履きに足を入れて、寝室から出た。リビングに足を踏み入れると、立花がインターフォンに向かって「どちら様ですか？」と問いかけているところだった。

『――俺だ』

返ってきた懐かしい低音に息を呑んだ。

（叔父貴!?）

一年ぶりに聞いたが間違うはずがない。本郷の屋敷を出るまで十八年間一緒に暮らしていた実の叔父だ。

立花も驚愕に両目を見開いている。

「な……どうして？」

『先生、都築がどうしても気にかかると言うのでね。悪いがあんたを尾行させてもらった。あんたがこのマンションに入っていくのを見てすぐ管理会社に確認を入れた。五〇三号室の契約者は賀門士朗《しろう》だった』

「……っ」

『そこに迅人がいるんだろう？』

立花が見る間に青ざめていき、迅人を振り返り、蒼白な顔で「ごめん」と謝った。

「迅人くん……俺のせいで……」

その間にも、インターフォンからはドスの利いた脅し文句が放たれる。

『ドアを開けろ。素直に要求に従わないと、ここにいられなくなるぞ』

「ど、どうしよう」

窓から逃げようにもここは五階だ。ベランダを伝って下りる？　でももし落下したら？

自分だけならともかく、お腹の子をそんな危険な目に遭《あ》わせられない。

混乱した頭で、どうしていいかわからずに立ち尽くしていると、ドアがガンッと蹴りつけられた。

「開けろ！」

もはやインターフォン越しではなく、鉄のドアの向こうで岩切が怒鳴る声が聞こえてくる。

「先生、迅人さん、抵抗しても無駄です」

続いて聞こえたクールな声音に、迅人と立花はびくんっと身を震わせた。

（都築？）

どうやら都築も一緒らしい。大神組若頭と若頭補佐のコンビは最強だ。逃げ切れない。

諦めに似た気持ちにじわじわと支配されて力が抜ける。

「開けろ！」

「開けてください！」

交互に声を荒げられ、合間にドアをガンガン蹴られた。このままでは近隣からクレームがくるのも時間の問題だ。下手をすると警察を呼ばれてしまうかもしれない。

と、不意に立花が迅人の手を摑んだ。

「ベランダから隣りの部屋に移ろう。右隣りは空室のはずだ」

思い詰めた表情でぐいぐいと手を引っ張られ、リビングを横断する。立花がガラスの掃き出し窓のロックを外し、ガラッと開いてベランダに出た。隣りの部屋との境目に防火扉があるが、柵の外側を伝って移動すれば移れなくもなさそうだ。

「迅人くん、支えるから先に隣りに移って」

立花にそう言われ、迅人は腹をくくった。やるしかない。

鉄製の手摺りに手をかけてぐっと体を持ち上げる。片足を柵にかけて乗り上げ、乗り越えた。さっきとは反対向きになって鉄棒を握り、コンクリートの床の縁に足先を引っかける。ひさしぶりの運動に少しふらつく腕を立花が摑んで支えてくれた。

「気をつけて。慎重に」

うなずき、そろそろと横移動しかけた刹那《せつな》、パンッと破裂音のような音が響いた。

（え？　じゅ……銃声？）

開けっぱなしになっていた窓に顔を振り向ける。立花の肩越しに、玄関のドアが蹴り開けられるのが見えた。ドアが全開するやいなや、大柄なふたりの男が土足で室内に上がり込んでくる。

「う……そ」

銃で鍵をこじ開けるという暴挙に出た岩切と都築に虚を衝かれていると、先に我に返った立花が「逃げるんだ！」と叫んだ。

あわてて移動しようとしたが、岩切と都築が猛然とベランダに突進してきて、まずは都築が立花を羽交い締めにした。

「先生！」

「俺はいいから逃げて！」

後ろ手に拘束されながらも立花が大声を出す。

「迅人！」

岩切が柵から身を乗り出すようにして、迅人の二の腕を鷲掴《わしづか》みにした。

「放せっ！　放せよ！」

「馬鹿、暴れるな！　落ちるぞ！」

大きな声で諫《いさ》めた岩切が、迅人のもう片方の腕も掴み、ひょいっと持ち上げる。軽々と柵を乗り越えさせ、ベランダに立たせた。

迅人は興奮で顔を紅潮させ、はぁはぁと肩で息を上げていたが、やがて反抗心も露《あらわ》に目の前の叔父を睨みつけた。迅人の前に仁王立ちになった岩切もまた、厳しい眼差しで一年近く行方知れずだった甥を見据える。

「今までどこにいた？」

「…………」

「なぜ戻ってきた？」

「…………」

「賀門も一緒だな？」

返事をしない迅人の肩を、岩切ががしっと摑む。

「言え。あいつはどこにいる？」

低い声で問い質《ただ》された迅人が、それでも頑《かたく》なに口を噤《つぐ》んでいると、苛立った表情を浮かべ、前後にガクガクと揺さぶった。

「言え！」

「やめて！　乱暴しないでください！」

立花が声を張り上げ、都築の拘束を解こうと必死の形相で暴れる。だが、背後の都築はびくとも揺るがなかった。

「迅人！　賀門はどこにいる!?」

岩切がさらに声のボリュームを上げ、激しく迅人を揺さぶる。頭がグラグラ揺れて、クラクラ目眩《めまい》がした。でも絶対に口を割るわけにはいかない。賀門のことだけは死んでも絶対に！

奥歯を食い締めて衝撃に耐えていると、悲鳴のような声が響き渡った。

「やめてください！　お腹に赤ちゃんがいるんです！」

「………っ」

揺さぶりがぴたりと止まった。叫んだ立花がはっと息を呑む気配。

じわじわと薄目を開けた迅人は、瞠目した岩切と視線がかち合った。

「……なんだって？」

訝しむようなつぶやきを落とした岩切が、首を捻《ひね》って立花を見据える。

「先生、あんた今なんと言った？」

立花が気まずい表情で唇を噛み締めた。

「先生」

背後に立つ都築が、立花をくるりとひっくり返し、自分と向き合わせる。両肩を摑んでその目を覗き込んだ。

「正直に本当のことを話してください。これ以上我々に隠し事をしても事態を悪化させるだけです」

立花はそれでも唇を引き結んだまま押し黙っていたが、もう一度都築に「先生」と促されると、もはやここまでと観念したのか、ほどなく肩の力を抜いた。

「……わかりました。正直にお話しします。――現在、迅人くんは妊娠しています」

都築が微妙な顔つきをした。いくらなんでもその戯言はないだろうといった呆れの表情が半分、この期に及んで何をふざけているんだという憤《いきどお》りの表情が半分。

どちらも当然のリアクションだろう。

一方、岩切の反応はいささか違った。都築と同じく疑ってはいるが、反面どこか心当たりがあるような顔つきで両目を細める。

「本当に賀門の子を孕《はら》んだのか？」

半信半疑の問いかけに、迅人はこくりとうなずいた。

「……そうか」

眉間に深い縦筋を刻んで何かを思案していた岩切がふっと息を吐き、まだ疑念を顔に浮かべたままの都築に告げる。

「緊急事態だ。本郷に戻って月也さんの指示を仰ごう」


その三時間後――迅人と立花は母屋の一室に身を寄せ合うように座していた。

本郷の屋敷に連れ戻されたあと、父・月也の沙汰《さた》待ちということで、家主の帰宅までこの部屋で待機させられているのだが、和室の襖《ふすま》の向こうには見張り役の若い組員が控えており、屋敷の中を自由に歩き回ることも、もちろん外に出ることもできない。実質軟禁状態だ。

縛られていないだけマシなのかもしれないが。

軟禁されている間、迅人は賀門に連絡を取ろうと試みた。

捕まった時、幸いにも携帯がスウェットの腰ポケットに入っていた。それを母屋のトイレにこっそり持ち込み、賀門の携帯にかけてみたが、圏外にいるらしく連絡がつかない。

何度かけても、『おかけになった電話は、電波の届かない場所にあるか、電源が入っていないため、かかりません』といったお決まりのアナウンスに切り替わってしまうので、仕方なく留守録に簡潔な事情説明と、自分は今本郷にいること、危険だからマンションには戻らないで欲しい――といった主旨の伝言を吹き込んだ。

拳銃で壊した鍵は、あのあとすぐに大神組の息のかかった業者が取り替えたらしい。蛇《じゃ》の道は蛇《へび》と言おうか、その点都築は抜かりがなかった。

素早い事後処理によって、賀門が警察に事情聴取される可能性は消えたが、下手にマンションに近寄れば、付近で張っている大神組の組員に捕まる危険性がある。

岩切と都築に捕えられた最後、一族の『秘密』を知る賀門は何をされるかわからない……。

今となっては、賀門が出かけていたのは不幸中の幸いだった。

賀門だけでもなんとか上手く逃げて欲しい。

(……逃げて)

賀門から贈られた揃いの指輪の嵌《はま》った左手をぎゅっと握り締め、心の中で祈っていると、廊下が騒がしくなった。こちらに向かってくる足音が響き、「お疲れ様です！」という見張りの組員の声が聞こえる。

「この中か？」

続く聞き覚えのある声に、迅人の隣りで悄然《しょうぜん》と俯いていた立花が、はっと顔を上げた。

「あっ、峻王さん！　勝手に開けちゃマズイっす！」

組員の制止の言葉を無視してカラッと襖が開き、長身の男が姿を現す。

「峻王！」

「峻王！」

思わず立花とユニゾンでその名前を呼んだ。

父親のお伴の帰りだからか、峻王はめずらしくスーツだった。ダークスーツにネクタイを締めている。

スーツ姿の峻王が険しい表情のまま後ろ手にピシャリと襖を閉じ、部屋の中に入ってきた。畳をミシミシ言わせながら、部屋の中程で身を寄せ合う迅人と立花に近づく。

足を止め、厳しい眼差しでふたりを見下ろした。

その視線を受け止めていた立花が、くしゃっと顔を歪める。

「……ごめん、俺が岩切さんたちに尾行されていたのに気がつかなかったんだ。それでマンションを突き止められてしまって」

項垂《うなだ》れる立花を迅人は庇った。

「先生は悪くない。最後まで俺を逃がそうとしてくれた。でも俺が逃げ切れなくて」

「どっちが悪いとか悪くないとか譲り合ってる場合じゃねぇだろ？」

峻王が低い声を落とす。弟のもっともな諭《さと》しに迅人も項垂れた。

「過ぎたことをぐだぐだ悔やんでても意味はねぇ」

吹っ切ったような声を出した峻王が、「こうなっちまったからには、ダメージを最小限に食い止めねぇと」と継ぐ。

「賀門さんは？」

弟のひそめた口調の問いかけに、迅人も小声で応じた。

「叔父貴たちが来た時は外出中だったんだ」

「じゃあ、こうなったことはまだ知らねぇのか？」

「うん、携帯にかけてみたんだけど、圏外みたいで連絡つかなくて。留守録に事情説明は入れてある。本郷にいることと、あとマンションには戻るなって」

そうか、と峻王がうなずく。

「賀門さんだけでも上手く逃げられりゃいいけどな。そうすりゃなんらかの方法で連絡を取り合って、おまえを逃がす算段をつけることができるかもしれない」

「……うん」

「これからどうなるんだろう？」

立花が焦燥を帯びた声を出し、峻王が難しい顔で答えた。

「今、親父が叔父貴と都築から状況説明を受けている。水川にも召集をかけてるようだ。水川が到着次第、親族会議になるんじゃねぇか。今はともかく親父の沙汰を待つしかねぇ」

本当にどうなるのか。

（もし、もしも父さんに堕《お》ろせとか言われたら……）

そうでなくても、生まれた子供を取り上げられてしまったら。

次から次へと襲いかかってくる不安の重みに押し潰されそうになる。迅人は膝の上の手を爪が食い込むほどきつく握り締めた。


峻王の予測は当たり、それから三十分後に組員が迎えに来て、迅人、立花、峻王の三名は母屋の洋間に移動させられた。

ここは、没落華族の洋館の一間をまるまる移築した部屋で、石造りの暖炉《だんろ》を擁《よう》している。アンティークの肘掛け椅子のひとつには、すでに病院から呼び出された水川が座していた。部屋に入ってきた三人を見て、水川が腰を浮かせる。

「迅人、先生、峻王。仁《じん》さんから連絡がきて、驚いてすっ飛んできた」

立花が水川に頭を下げた。

「すみません、水川さん。こんなことになってしまって」

「いや……そちらこそ大変でしたね。――迅人、大丈夫だったか？」

心配そうな問いかけに、迅人は首を縦に振る。

ひさしぶりに激しく動いたが、その後の数時間で体調に目立った変化はなかった。緊張しているせいか、今現在ふらつくようなこともない。

水川も目視で問題ないと判断したらしく、「くれぐれも無理はするなよ」と念を押して、椅子に座り直した。

迅人たちも、ローテーブルを挟んで水川の椅子と向かい合う革張りのソファに腰を下ろす。立花、迅人、峻王の並び順だ。

誰も口を開かず、重苦しい沈黙が続く。

(すごいドキドキしてる……心臓が口から出そうだ)

手に汗を握っていると、ほどなく続きの部屋との間のドアが開き、都築と岩切を従えた父の月也が現れた。和装の痩身がゆっくりと部屋を横切り、革張りの肘掛け椅子の傍らに立つ。暖炉を背にしたこの椅子は、代々神宮寺家の家長のみに使用を許されている、いわば「家長の証《あかし》」だ。

父が椅子に腰を下ろすと同時に、さながら一対の仁王像のごとく、叔父の岩切が右斜め後ろに、都築が左斜め後ろに立った。

(……父さん)

一年ぶりに見る父の姿に、迅人はひそかに瞠目した。相変わらずの美貌。

白磁《はくじ》の肌。艶やかな黒髪。面相筆ですっと刷いたような柳眉。杏仁型《きょうにんがた》の目。繊細な鼻梁《びりょう》と赤い唇。

「妖艶《ようえん》」という言葉はこの人のためにあるのではないかと改めて思う。

思わず懸念も忘れて見惚れていると、父が、眦《まなじり》が切れ上がった双眸を迅人に向けた。

「迅人」

凛《りん》と透き通った声で名前を呼ばれれば、自然と背筋が伸びる。これはもう幼少時からの条件反射だ。

「ひさしぶりだな」

「お……おひさしぶりです」

上擦った声が喉の奥から押し出される。

「この一年、どこにいた？」

「世界をあちこち回って、昨年の暮れからは英国のコッツウォルズです。……長らく不義理をして……すみません」

謝罪の言葉を紡ぎ、迅人はこうべを垂れた。

一年前、この父のもとから自分は逃げた。一族の掟《おきて》を破り、賀門とふたりで出奔《しゅっぽん》した。以来、一度も連絡を入れなかった。

親不孝者と誹《そし》られても仕方がない。自分は同族を捨てて賀門と生きる道を選び取った。その選択を悔いていないけれど、父や御三家からすれば自分は裏切り者だ。

どんな厳しい叱責も甘んじて受ける覚悟で奥歯を食い縛り、ローテーブルを見据えていると、

「顔を上げなさい」と命じられる。

ゆるゆると視線を上げて、黒曜石《こくようせき》の瞳と目が合った。

「あの男の子を宿しているというのは本当か？」

静かに問われ、肩を揺らす。こくっと喉を鳴らしたのちに、「はい」と認めた。

あらかじめ説明を受けていたからなのか、父の顔に動揺や驚きは見当たらなかった。

しばらくの間、黙って迅人を見つめていたが、水川を振り返る。

「本当に確かなんだな？」

確認の声に、水川が神妙な面持ちで「確かに迅人は妊娠しています」と答えた。

「父が遺した文献にも、ごく希《まれ》にそういった特異体質の者が存在するとの記述がありました」

「その話は私も聞いたことがある。こうして対峙《たいじ》している今も、迅人から明らかに以前と異なる匂いを感じている。……だがしかし、まさか迅人が……」

感慨深げな声を出し、ふたたび迅人の顔をじっと見る。

父としても複雑な心境なのだろう。その心情は察して余りある。迅人自身、時間が経つにつれて居たたまれない気分が込み上げてきた。

男の身で駆け落ちした男の子供を妊娠しているなんて……どの面下《つらさ》げて、だ。

「父さん、俺……」

「おまえが一族の血を次世代へと繋ぐ子を宿すとはな」

「……え？」

父の発言に迅人は両目を瞠《みは》った。

「月也さん」

都築が口を開く。

「では、産むのをお許しになるんですか」

堕ろせと言われなかったことにほっと安堵《あんど》する間もなく、父の継いだ言葉に息が詰まる。

「迅人の子供は神宮寺一族の後継者だ」

後継者。

ではやはり、産んだ子供は神宮寺の跡継ぎになるのか。

まだ実際に新しい命の胎動を感じたわけでも、腹が膨れているわけでもないので、母体としての実感があるわけではない。

正直なことを言えば、ほんの少し、男なのに孕んだ自分を恥ずかしいとさえ思っていた。賀門の気持ちが、妊娠によって離れてしまったらどうしようと危惧したこともあった。

それでも——今自分の中にいる子を取り上げられてしまうのだと思えば、背筋がすーっと冷たくなり、視界に斜がかかる。自分でもびっくりするほど動揺していた。

迅人の衝撃を察したのか、左隣りの立花が、励ますように二の腕を摑んできた。

「水川、無事に出産の日を迎えられるよう、迅人を全力でサポートしてやってくれ」

「は、はい」

父に命じられた水川が居住まいを正す。

「仁と都築も、万全の態勢で出産に臨《のぞ》めるよう、補助してやってくれ」

背後のふたりの男がドスの利いた声で「はい」と請け負った。

「ちょ、ちょっと待ってよ！」

自分の意志とは関係なく物事が進められていくことに焦りを覚え、迅人は口を挟む。

「勝手に後継者とか決めないでよ！　俺と士朗の子なのに！」

「その賀門はどこにいるんだ？」

苦々しい表情の岩切に剣呑《けんのん》な声音で問い質され、うっと言葉に詰まった。

「マンションにはいなかった。身重のおまえを置いてどこをほっつき歩いている？」

「そ、それは……」

「孕ますだけ孕ましておいていい気なもんだな。あの男に本当に父親の自覚があるのか？」

「………っ」

そこを突かれると苦しかった。それについては迅人もまだ確認し切れていなかったからだ。

「未成年のおまえを連れ去って一年も連絡を寄越《よこ》さないとは、とても良識ある大人の行動とは思えん」

叔父としての鬱憤《うっぷん》がこの一年で相当に溜まっていたのか、岩切の憤《いきどお》りは収まらなかった。口にしたことで鬱積が堰《せき》を切ってしまったのかもしれない。

「いい機会だ。これを機にあの男とは別れろ」

「なっ……何言ってんの!?」

「そのほうがおまえと子供のためだ。子供は責任を持って我々が育てる」

「嫌だよ、そんなのっ！」

「あの男ではおまえたちを幸せにはできん」

「士朗のことなんにも知らないくせにっ！」

迅人は立ち上がって叫んだ。立花があわてて「あんまり興奮するとお腹の子に障《さわ》るから」と腕を引っ張り諫《いさ》めてきたが、迅人自身、頭に血が上り切っているのでもはや抑制が利かない。

「士朗はっ……俺のために全部捨ててくれたんだ。組も解散して仲間も捨てて、俺のために一緒に逃げてくれた。男で、ガキで、おまけに人狼なんて面倒な宿命背負ってる俺のために、自分の命を危険に晒す道を選んでくれた。今回だってせっかくコッツウォルズで新しい生活を始めたところだったのに、俺が向こうの人狼に襲われたから、英国も出なくちゃならなくなって……っ」

「待て」

低い声に遮られ、興奮して声を張り上げていた迅人は身を揺らした。気がつくと、父が射貫くような眼差しでこちらを見ている。

「今、向こうの人狼と言ったか？　それは英国にも我々のような種族がいるということか？」

畳みかけるような追及の言葉に迅人は両目を瞬かせた。

そうだった。帰国するきっかけとなった事件をまだ話していなかった。

左隣りの峻王を見る。

「話したほうがいいかな？」

「隠す理由もないしな」

峻王に促された迅人は、父にあらましを語り始めた。

今年の頭に、アルバイト先からの帰宅途中、ふたり組の白人の男たちに突然襲われたこと。危機一髪賀門に助けられ、だが家に帰るとふたたび、先程の男たちが襲ってきた。

格闘の末、賀門のライフルの弾が片方の男を貫き、腹部から血を流した男が激しく震え出した。断末魔の痙攣《けいれん》かと思われた直後、男は「変身」した。正確には変身し損ねた。狼化の途中で力尽き、結果的に人間の姿のまま息絶えたからだ。

「…………」

すでに事情を知っている立花、峻王、水川以外の三名——父と都築、そして岩切が驚きの表情を浮かべる。

「私たちの他に同族がいるのか」

うっすら眉をひそめた父の、ひとりごちるようなつぶやきに、迅人は「少なくともコッツウォルズにはいたみたい」と言った。

「その者たちは、なぜおまえを狙った？」

「死んだやつが『匂いが漏れている』って言ってた。その時は意味がわからなかったけど、あとから考えたら、あの時すでに俺は妊娠していたわけで、そのせいで特別な匂いを発していたのかも……。父さんや峻王がその変化に気づいたように、やつらも勘づいたのかもしれない」

迅人の言葉を引き継ぐように、峻王が口を開く。

「やつらは迅人のことを【イヴ】と呼んでいたらしい。死の間際に『我々ゴスフォード一族は必ず手に入れる』と言い残したそうだ」

「ゴスフォード一族」

岩切が復唱し、「月也さん、ご存じでしたか？」と当主に尋《たず》ねた。

「いや……初耳だ」

「私も初めて聞きました」

都築も言葉を差し挟む。

「しかし……やはり国外には残っていたんですね。もしかしたら世界には我々が思っているより数多くの人狼が現存しているのかもしれない」

「おそらくやつらの言う【イヴ】は、迅人のように外的要因で突然変異するDNAを持つレアケースのことだと思われます。彼らもまた、なんらかの事情で絶滅の危機に瀕《ひん》しており、自分たちの子孫を作るために迅人を必要としたのではないでしょうか」

水川が持論を展開し、父が思案深げに腕を組んだ。

「その者たちが、今後も迅人を狙ってくる可能性があるということか」

「けどまぁ海を隔ててるしな。すぐにどうこうってのはないんじゃねぇの？」

峻王がふてぶてしい声を出す。

「だが、油断は禁物。迅人の出産まで、いつも以上に警備を強化したほうがいいだろう。各自、いつ何があっても対処できるように心しておいてくれ」

父の命に、背後の岩切と都築が重々しくうなずいた。

親族会議の終了後、迅人は離れの自分の部屋にひとりで移動させられた。峻王と立花も、それぞれ自分たちの部屋へ戻ったようだ。父と御三家はまだ母屋で今後のことを協議している。

とりあえずは自分を匿《かくま》った件で、峻王と立花、そして水川が咎《とが》められることはないようで、それはよかった。

ひさしぶりの自分のベッドにへなへなと腰を下ろし、仰向いてふーっと息を吐く。ずっと気が張り詰めていたせいか、急激な疲労感を覚えた。

一年ぶりの自室は、そのブランクを感じさせないくらいに掃除が行き届いている。床には塵《ちり》ひとつ落ちておらず、調度品も埃《ほこり》を被っていない。

いつ自分が帰ってきてもいいように父さんが掃除させていたのかな……そう思うと胸がちくっと痛む。

「父さん、ごめん。叔父貴も……心配かけてごめん」

さっきは思わず激高《げっこう》して反発してしまったけれど、彼らが自分とお腹の子供を心配してくれているのはわかっているのだ。

でもやっぱり……嫌だ。

ここで産むほうがきっと安全なんだろうってわかっているけれど。

出産までここに軟禁されて、産んだ子供を取り上げられ、賀門とも離ればなれ……なんて、絶対嫌だ。そんなの耐えられない。

指輪の嵌った左手を握り締め、迅人は母屋に通じるドアに視線を向けた。

鍵はかかっていないが、ドアの外に見張りがついている。

庭へ直接出られる通用口にも「警護」という名目の見張りが一名。いずれも大神組の下っ端組員だ。

（いつかと同じだ）

やはり二十四時間態勢で見張りがついていた一年前を思い出す。

隙あらば脱走を図る自分に手を焼き、父と叔父が組員を張りつけさせたのだ。

あの時はとにかく賀門が心配で、会いたくて会いたくてたまらなかった。気持ちばかりが焦るのに身動きが取れず、もどかしくもやるせない感じ……今と同じだ。

結局、賀門をどうするかの沙汰は、さっき父の口からは出なかった。

立て続けにいろいろと発覚して、それどころじゃないということかもしれない。追い追い考えていくということか。

（……士朗）

腰のポケットから携帯を取り出し、確認したが着信履歴はなし。メールも来ていない。

留守電、まだ聞いてないいんだろうか。一体どこにいるんだろう？　電波が届かないような場所？

もう一度かけてみようか。

通話ボタンを押しかけた指を、迅人は寸前で止めた。

いや……ダメだ。連絡がついたら賀門は自分を助けようとする。

先程のやりとりを思い浮かべても、岩切は賀門に対して相当腹を据えかねているようだ。

あの調子じゃ何をするかわからない。

下手をすると、本当に殺されてしまうかもしれない……。

跡継ぎが欲しい彼らにとって、余所者《よそもの》で子供の父親である賀門は邪魔でしかないから。

賀門は父親不適合だと憤った岩切の剣幕を思い出し、じわじわと焦燥感が込み上げてきた。

会いたいけれど、賀門が危険な目に遭うよりはこのままのほうがいい。

生きてさえいればいつかまた会える。きっと。

士朗、逃げて。

お願い。できるだけ遠くに逃げて！

携帯を握り締め、祈るように胸の中で繰り返していると、忙しげな足音が聞こえた。

渡り廊下を誰かが走ってくる。しかもひとりじゃない。複数だ。

「峻王さん、先生、どうしたんですか？」

見張り役の組員の驚いたような声が、ドア越しに聞こえた。どうやら足音の主は峻王と立花のようだ。

(何かあったのか？)

迅人はベッドから腰を浮かせた。

「叔父貴が呼んでるぞ。行ったほうがいい」

峻王の声が組員を促している。

「えっ……でも、ここを離れるわけには」

「いいから早く行け！」

峻王の気迫に押されてか、組員がバタバタと走り出す足音が聞こえた。直後、ドアがバンッと開き、峻王と立花が室内に入ってくる。

迅人もベッドのあるスペースから彼らに駆け寄った。

「どうした!?」

「やつらだ」

弟の険しい表情を見上げ、訝しげに問い返す。

「やつら？」

「ゴスフォードだ。英国からおまえを追ってきたんだよ」

耳を疑う。とっさには峻王の言葉が信じられなかった。

だって自分を奪うためにわざわざ海を越えて日本まで!?

「う……そ」

「嘘じゃねえ。白人のゴツいのが三名、正面から乗り込んできやがった」

自分の予想が外れたことに苛立ったように、峻王が顔をしかめて吐き捨てる。

「…………」

それでもまだ信じ切れず、迅人は峻王の隣りに立つ立花を見た。心持ち青ざめた顔色の立花が峻王の言葉を肯定する。

「残念ながら本当だ。それだけ彼らも必死なんだろう」

本当に？　本当に英国から人狼が……。

「さっきの今で人員も揃ってねえ。今は叔父貴と都築、それと数名の組員で凌《しの》いでる。今のうちにおまえは先生と逃げろ」

峻王の指示に立花がうなずき、張り詰めた面持ちで迅人の手を摑んだ。

「迅人くん、行こう！」

ぐっと引っ張られ、通用口に向かって二、三歩たたらを踏んでから、迅人は後ろを振り返った。

峻王が動く気配を見せなかったからだ。

「おまえは行かないのか？」

迅人の問いに、峻王が決然と言い返す。

「俺は残る。ここでやつらを食い止める」

7

迅人の手を引き、通用口から庭に出ると、そこを警護していたはずの組員の姿はなかった。正門付近に異変を感じて、そちらへ向かったのだろう。

事実竹林の向こう、前庭のあたりから、怒号や雄叫《おたけ》びが聞こえてくる。

正門は駄目だ。しかし正門が駄目だからといって石塀を乗り越えるのは、今の迅人には厳しい。屋敷の外へ出るなら裏門しかない。

そう判断した侑希は、「裏門から出よう」と迅人に告げた。

迅人がこくりとうなずく。裏門は広大な敷地の北の外れにあり、今いる場所から裏門までは暗い敷地内をかなり歩かなければならないが仕方がない。

(ライトを持ってくればよかった)

急なことで気が動転して、そこまで頭が回らなかったのが悔やまれる。

「足許に気をつけて。転ばないようにね」

「はい」

本来ならばそんな心配などいらないほど運動神経がよく、俊敏な迅人だが、お腹に子供がいる今、転んで流産なんてことになったら大変だ。念には念を入れたほうがいい。

ふたりで暗い足許を気遣いながら裏門に向かって歩いた。走りたい気持ちを我慢して、なるべく並み足で歩く。

少しして背後の迅人がぽつっと「峻王、大丈夫かな」とつぶやいた。

「……っ」

肩がぴくりと揺れ、思わず足が止まりかける。

侑希自身、峻王の身の安全に関しては敢《あ》えて考えないようにしていた。考えると足が止まる。動けなくなってしまう。

大丈夫だって信じているけれど、それでもやっぱり物事に百パーセントはないから。

でも自分がみんなのところへ馳《は》せ参じたところで、なんの役にも立てない。どころか下手をすれば足手纏いになる。

それくらいなら迅人を逃がす手助けをすべきだ。

そう判断して今に至っているわけだが、腹をくくったつもりでも本音では後ろ髪を引かれまくっている。ちょっと気を許すと回れ右して戻りたくなって……。

「大丈夫だよ。峻王ひとりじゃない。月也さんも岩切さんも都築さんもいるから」

自分に言い聞かせる意味合いも込め、強い口調で励ますと、迅人もまた「……うん」と、何かを呑み込むような声を出した。ただでさえ初めての妊娠で体調が優れないのに加え、自分のためにみんなが体を張っていると思えば、心情的にも辛いものがあるはず。

本当は、連絡の取れない恋人のことだってものすごく心配だろう。

けれど決して弱音を吐かない。

二十歳に満たない若さながら、生来《せいらい》過酷な宿命を背負ってきただけあって、芯が強いと感じる。迅人の持つ強さは、気性の激しい峻王とは種類の違う強さだ。

そのあとはふたりとも言葉を発さずに夜の闇の中を急ぐ。

やっと裏門が見えてきた。

「着いた！」

暗闇に埋没するような古びた木の門に駆け寄り、横渡しの閂《かんぬき》をふたりで外す。普段は滅多に開けないせいか、ギィ……と軋《きし》んだ音を立てて門が開いた。

裏門をくぐり抜けて路地に出る。薄暗い路地は、神宮寺の石垣と隣りの寺の塀に挟まれた一方通行の狭い道で、見渡す限り人影はなく、等間隔に設置された外灯がぽつりぽつりと灯《とも》っているだけだった。

裏門を背に立ち、ぼんやりと照らされた路地を前にして、右か左か、どちらへ進むべきか迷う。

一瞬後、侑希は右方向へ進路を取った。五十メートルほど行って二回右折すれば大通りに出る。こっちのほうが若干近いと判断したためだ。

「大通りでタクシーを捕まえよう」

迅人が「はい」と応え、すぐ後ろからついてきた。

タクシーで向かう先のアテが具体的にあるわけではなかったが、ここからできるだけ遠くへ離れることが肝要に思われた。

迅人の匂いがゴスフォードの人狼たちに届かない場所まで離れる必要があるのはわかるが、人間の自分にはそれがどれほどの距離なのか想像がつかない。

だから、とにかくできる限り遠くへ、それも一秒も早く離れるしかない。

(迅人くんを休ませるためにも、どこかホテルにでも部屋を取って、そこで峻王からの連絡を待つっ)

算段しつつ路地を急いでいた侑希は、突如前方から強いライトの光を浴びて立ち竦んだ。

「……っ」

侵入禁止のはずなのに車が入ってくる。タイヤが大きい頑強なクロスカントリー4WDの運転席には人影がふたつ。光に眩《くら》んでいた目が徐々に慣れてきて、シルエットのディテールがはっきりしてくる。座高が高くて顔の彫りが深い。

外国人？　と思った瞬間。

「あっ……」

背後で迅人が大きな声を出す。

「あいつ……コッツウォルズで襲ってきた片割れだ！」

耳許の動揺した声に侑希も飛び上がった。

「人狼!?」

正面から乗り込んだ三名とは別にもう二名いたということか！

そいつらが迅人の匂いを嗅《か》ぎつけてきた!?

もしかしたらはじめから襲撃をかける組と、その混乱に乗じて迅人を探す組との二手に分かれていたのかもしれない。

「ヤバイ！　逃げなきゃ！」

迅人が叫び、くるっと身を翻《ひるがえ》す。侑希もあわてて方向転換した。今までとは逆方向に一斉に走り出す。

侑希はすぐに息が苦しくなったが、さすがに迅人は速い。これでも加減しているのだろうが、自分よりももう四、五メートル先を走っている。余力をフルに出し切れば、車からだって逃げ切れるかもしれないと思わされる走りだ。

「はぁ……はぁ」

一方、侑希は足がもつれ始めている。息切れして肺が苦しい。

路地が途切れて道にぶつかるT字路まであと二十メートルほどだが、背後から車の音がどんどん迫ってくる。ちらっと背後を振り返ったら、十メートルを切っていた。冷や汗が毛穴からじわっと染み出る。

もう、駄目だ。も……う、無理。

迅人が侑希を気にしてか、ちらっと振り返った。

「迅人くん、逃げて！」

侑希はひゅーひゅー鳴る喉から声を振り絞る。

「俺はいいから！　先に……逃げてくれ！」

そう叫んだ時、キキーッと激しいブレーキ音が闇を切り裂き、路地の突き当たりにＳＵＶが横付けになった。運転席のドアが開き、大柄な男が上半身を迫り出して叫ぶ。

「乗れ！」

先を走っていた迅人がぴょんっと兎《うさぎ》みたいに跳ねた。

「士朗っ！」

（……賀門さん？）

賀門が運転席から飛び降り、後部座席のドアを開ける。

「飛び込め！」

先にＳＵＶに辿り着いた迅人がリアシート目がけてジャンプした。賀門は運転席に戻り、後部座席に飛び込んだ迅人が一瞬後、開けっぱなしの後部ドアから顔を出す。

「先生！」

早く早くというように腕を大きく招いて侑希を呼んだ。

「がんばって！　もうちょっとだから！」

鼓舞《こぶ》された侑希は最後の力を振り絞り、ダッシュをかける。

リアシートから身を乗り出すようにして、迅人が手を伸ばしてきた。

あと、三メートル。二メートル。一メートル……！

「先生っ!!」

つんのめるように、迅人の手を摑んだ。ぐいっと引っ張られる勢いを借りて、座席にダイブする。どさっと体がシートに倒れ込むのと同時、賀門がアクセルを踏んだ。

後部ドアを開けたまま、猛然と車が走り出す。いきなりの加速に侑希がシートから転がり落ちそうになるのを、迅人が腕を摑んでギリギリ防いでくれた。

フルスピードで百メートルほど走ったところで、後部ドアが電柱にぶつかり、ガコンッとすごい音を出す。少ししてまたガコンッ。

「ドア、閉めてくれ！」

賀門に怒鳴られ、あわてて侑希はフロントシートの背凭《もた》れに摑まりながら、開けっぱなしのドアに手をかけた。バンッと力いっぱい閉める。やっと車内が静かになった。ＳＵＶ自体も道幅の広い片道二車線の大通りに出る。

（……助かった）

ほっと安堵の息が漏れた。

同じようにはーっと息を吐いた迅人が、運転席に身を乗り出し、侑希も同様に抱いていた疑問を投げかける。

「どうしてここにいるってわかったの？」

ステアリングを握りながら賀門が答えた。

「レンタカーで電波が通じない場所まで遠出してたんで、おまえの留守録は東京に戻ってから聞いたんだ。急ぎ本郷へ向かい、近くの路肩に車を停め、どうにか隙をついておまえを取り返せないかと様子を窺《うかが》っていたところ、黒塗りのバンが音もなく近づいてきて正門前に停車した。中からゴツい白人が三人降りてきたのを見て直感した。こいつらはゴスフォードの仲間だってな。まさか英国から追ってくるとは思ってなかったんで驚いたが」

フロントミラー越しに賀門の渋い表情が見える。

「案の定騒ぎになったんで車を裏口に回した。やつらの狙いはおまえだ。俺が神宮寺月也や御三家でも、自分たちが盾になって防戦し、その間におまえを逃がす。あとはルートだが、正門が使えないとなりゃ残るは裏だ。ところが敵も然《さ》る者、そのあたりはあらかじめ読んでたってわけだな。二手に分かれてやがったとは……くそっ」

不意に賀門が舌打ちをし、侑希と迅人は背後を振り返った。

「………！」

「しつこい野郎どもだぜ」

いつの間にかすぐ後ろまで４ＷＤが迫ってきている。

そこからはすごい勢いで追走してくる車とのカーチェイスが始まった。

逃げる賀門も追う英国人も、道路交通法など完全無視だ。賀門はアクセルをベタ踏みでスピードを出しまくり、リアシートの侑希と迅人は必死にアシストグリップを握った。ちょっとでも手の力を緩めたら、たちまち吹っ飛ばされて、後ろの窓に後頭部をぶつけそうだ。

前を走っている車との車間距離が詰まってくると、賀門が「シートベルト締めろ！」と叫んでかなり強引な車線変更をする。

「うわぁっ」

体が右に傾いたかと思えば今度は左に。のろい（といっても法定速度を守っているのだが）車を何台か追い越し、元の車線に戻ったのだ。迅人がこっちに雪崩《なだ》れてきたので、侑希は必死に足許で踏ん張り、その身を受け止めた。

そんな調子で何度か無茶な車線変更を繰り返され、今にも事故るんじゃないかとハラハラしながら左右に揺さぶられ続けているうちに、胃がひっくり返って気持ち悪くなってくる。迅人も気分が悪そうだ。賀門が運転が上手いのはわかるし、非常事態で致し方ないことは重々承知だが、いかんせんハンドリングが乱暴過ぎる。しかし運転席からは剣呑な「気」がびんびん放たれてきて、とてもじゃないがクレームをつけられる雰囲気じゃなかった。

「ぴったりついてきやがる」

賀門がちっと舌打ちをし、侑希も首を捻って確認した。敵も車線変更したのか、4WDがすぐ後ろについてきている。運転者と助手席のふたつの顔がはっきり見えたが、ふたりともに無表情なのが不気味だった。

「道、外れるぞ」

宣言するなり、賀門がウィンカーを出して左折する。二車線の細い脇道に入った。敢えて複雑に入り組んだ脇道を走って日本の道に詳しくない相手をまこうという心づもりだろう。

当然ながら4WDもついてくる。道がすいていたので、賀門がさらにスピードを上げた。と、対向車線に車が走っていないのをいいことに背後の4WDが車線を変更し、横に並んでくる。そのまま強引に車を寄せてきた。ガンッと横合いからの激しい衝撃を感じた直後、ガガガッと側面が削れる音がする。

「当ててきやがった！」

よくハリウッド映画のカーアクションシーンにある、アレだ。映像では何度も見たが、自分で体験するのはもちろん初めて。ゴッい４ＷＤに体当たりされる衝撃はハンパじゃない。

ＳＵＶはよろめきつつもかろうじて踏ん張ったが、いったん離れた４ＷＤがまたガツンと当たってきて、今度はタイヤが嫌な音を立てて横滑りした。車体が左に大きくずれる。

「うわぁっ」

「ひいっ」

侑希と迅人の口から悲鳴が飛び出した。

「あっ……危な……！」

賀門が急ブレーキを踏んだが一瞬遅く、道の脇に並んでいた自動販売機に鼻先から突っ込む。

ドーン！　と車全体が揺れ、後部座席の侑希と迅人はガクンッと前のめりになった。

「大丈夫か!?」

賀門の確認に、ふたりで「だ、大丈夫」とハモる。

（シートベルトしててよかった……）

ふたりの安否を確かめた賀門が低く命じてくる。

「いいか？　ふたりとも、どこでもいいからしっかり摑まって奥歯食い縛ってろ。今からちょっとばかしヤバイ橋を渡るからな」

言うやいなやＳＵＶをバックさせ、大きくステアリングを回して車を切り返し、あろうことか今度は逆に4WDに自ら突っ込んだ。

「……っ……ッ……ッ」

後部座席のふたりは、賀門の暴走にもはや声もなく、ふたりで身を寄せ合い、手に汗を握るのみだ。

不意打ちにあわててハンドルを切った4WDがぐるんと半回転し、反対車線に乗り上げる。タイミングよくそこに前方から車が走ってきた。車体を横にして通行止め状態の4WDに、プップーッ！　とけたたましいクラクションを鳴らす。その車の後ろにも数台が連なる。

プップー、ファンファン！　パッパー！

クラクションの大合唱だ。

反対車線で立ち往生する4WDを尻目に、車道に乗ったSUVはふたたび走り出した。ぐんぐん加速して4WDを首尾よく引き離せたように思えたのも一瞬。

「……くそったれ」

賀門がバンッとダッシュボードを叩き、悪態を吐いた。

「どうしたの!?」

迅人の問いかけに、苦々しい声が返る。

「さっきの横からの当たりでオイルタンクがやられたらしい。ガソリンが漏れてやがる」

「ガソリンが!?」

「何かの弾みで引火したら終わりだ。くそ。車を捨てるしかねえ」

そうとなれば一刻も早いほうがいい。

少し先に大型のコインパーキングを見つけた賀門が、空いているスペースにSUVを駐めた。運転席から賀門が、後部座席からは侑希と迅人が降りる。ぽつぽつとライトが灯った平らなスペースに人の気配はなく、車のシルエットがところどころ薄闇に影を落とすのみだ。

「ここ、どこだかわかります？」

侑希の質問に賀門が黙ってコートのポケットから携帯を取り出し、GPS検索をかけた。

「最寄り駅はあっちで、徒歩で五分ってところだ。——迅人、歩けるか？」

迅人がうなずく。

「よし、急ぐぞ」

三人で足早に駐車場から出ようとした時だった。出入り口の遮断バーを跳ね飛ばして4WDが駐車場に突っ込んでくる。

「うわぁっ」

迫り来る4WDを目前にして、侑希はフリーズした。

足が動かない。轢《ひ》かれる！

危機一髪、誰かに腕をぐいっと引っ張られ、横っ飛びにゴロゴロとコンクリートを転がる。打撲の痛みを堪《こら》えつつもなんとか起き上がると、迅人がすぐ側にいた。どうやら彼が腕を掴んで一緒に飛んでくれたようだ。

「迅人！」

反対側に飛んだ賀門が立ち上がりながら恋人の名を呼ぶ。

「大丈夫か!?」

「大丈夫。士朗は?」

「問題ない。俺がここで食い止めるから、おまえは先生と逃げろ」

「えっ……」

迅人が絶句した。両目を見開き、首をふるふると横に振る。

「そ、そんなのやだよ。士朗を置いてくなんて」

「いいから行け！」

怖い顔で賀門が促した。その張り詰めた眼差しに男の覚悟を感じ取り、侑希は迅人の腕を摑んで起き上がった。賀門の覚悟を無駄にしちゃいけない。

「迅人くん、行こう！」

「で、でも……」

ぐずる迅人の腕を強引に引っ張り、４ＷＤが停まっている出入り口とは逆方向へ歩き出す。こうなったらフェンスを越えて駐車場を出るしかない。

「グオッォオオ！」

背後で突然獣の咆哮《ほうこう》があがり、はっと振り返った侑希の目に、巨大な狼の姿が映り込んだ。

追っ手が変身したのだ。

「士朗っ！」

殺気だった狼と向かい合う賀門の姿に迅人が絶叫する。賀門はサバイバルナイフを取り出して身構えたが、その武器を以《もっ》てしても敵は手強過ぎるように思えた。

「士朗が殺されちゃう！」

侑希の手を振り払って引き返そうとする迅人を全力で押しとどめる。腰を落とし、渾身《こんしん》の力で踏ん張った。

「放して先生！　士朗ひとりじゃ無理だ！」

「駄目だ。行かせるわけにはいかない」

「放せよっ……放せって馬鹿！　士朗が死んだら先生のせいだっ」

半泣きの迅人がわめく。だが、どんなに泣きわめかれても罵《ののし》られてもその要求を呑むわけにはいかなかった。心を鬼にして告げる。

「もうきみだけの体じゃないんだ」

「………っ」

ひくんっと迅人が震えた。

「迅人くん、今きみのお腹には賀門さんの子供がいる。愛するきみと我が子を護《まも》るために、彼は命を張っているんだ。その覚悟を無駄にする気か？」

賀門だけじゃない。峻王だって月也だって岩切だって都築だって、そのために闘っている。

そのことを理解したんだろう。迅人がくしゃりと顔を歪めた。震える唇を引き結び、泣きたいのを必死に堪えている表情。許されるのであれば侑希だって一緒に泣きたかった。でも泣いている場合じゃない。

今にも堰を切って噴き出しそうな哀切の情をぐっと抑え込み、迅人の腕を引いた。

「行こう」

（賀門さん……どうかご無事で）

心の中で無事を祈り、身を切られる思いで駐車場を歩き出す。隙あらば足を止めようとする迅人を無情に急き立て、三十メートルほど進んだところで、駐車してあった車の陰から黒いシルエットが飛び出してきた。ふわりと着地して、こちらをひたりと睨みつける。

「……っ」

鼻孔を擽《くすぐ》る獣臭。不気味に光る一対の瞳。腹の底に響くような唸《うな》り声。

（狼だ！）

もう一頭に先回りされたのだ。

侑希は顔が青ざめるのを感じた。迅人も息を呑んでいる。

「グォルルル……」

「先生……俺がやる」

耳許で迅人が囁いた。意を決したような声音に首を振る。

「駄目だ。子供のためにきみは絶対に変身しちゃ駄目だ」

しゃがれた低音を落としながら、侑希は腹をくくった。

ことここに至って、もはや選択肢はひとつしかない。

「俺があいつを引きつけるから……その隙にきみは逃げて」

「そんなのダメだよっ」

「先生の言うことを聞きなさい。子供のためだ。いいね」

教師の口調で毅然《きぜん》と言い含め、じりっと前に一歩踏み出す。黒に近い濃いグレイの毛並みを持つ狼が鬣《たてがみ》を逆立て「ウウッ」と威嚇《いかく》の声を発した。

首筋が冷たい汗で濡れる。怖くて足が竦みかけるのを叱咤して、じりっともう一歩前へ。

狼が頭を低め、今にも飛びかかりそうな気配を見せた。

「先生！　やめて、先生っ……」

迅人が半泣きの悲鳴をあげる。

——来る！

そしてその予感どおりに狼が飛んだ。自分に向かって飛びかかってくる獣を、為す術もなく眺める。不思議なことに、俊敏なはずのその動きがスローモーションで見えた。

数秒後には、あの狼に押し倒され、喉を嚙み切られている自分の姿が脳裏に浮かぶ。白く光る、あの鋭い牙を喉元に突き立てられたら痛いだろうか。それとも、痛みを感じる前に絶命するのか。

いずれにせよ、自らの最期を覚悟した刹那、タタタッと背後から何かが駆け寄ってくる足音が聞こえた。

「……！」

それは、侑希の肩越しにひらっと跳躍《ちょうやく》した。こちらに向かって跳躍中の狼と空中で激しく衝

突する。

ドスンと鈍い衝突音を響かせ、肩と肩でぶつかり合った二頭が交差し、それぞれコンクリートに着地した。

くるっと身を返した狼の、爛々《らんらん》と光る目を見た瞬間、侑希の背筋に電流が走る。

「峻王！」

灰褐色の毛並みと黄色に光る気高い双眸。シャープな面構え。——間違いない。峻王だ！

「峻王！」

迅人も叫ぶ。

(助けに来てくれた！)

何より無事だった。生きていてくれた。

歓喜に全身が震えたのも、しかし束の間。すぐに目の前で闘いが始まり、侑希は迅人とふたりで固唾《かたず》を呑んでその様子を見守った。

「グオオッ」

「ガウァ！」

唸り声を発して二頭が激突し、お互いの喉元を狙って牙を剝く。前肢と後肢と尻尾、そして牙、すべてを使った苛烈《かれつ》な攻防戦の末に、敵の狼が峻王の前肢の付け根にガブッと嚙みついた。

「グオッ」

峻王が唸り声をあげ、鮮血が飛び散る。

「峻王っ！」

侑希の悲鳴は、二頭の威嚇の咆哮に掻き消された。

「ウォッォオオッ」

峻王が反撃に転じ、今度は敵の頸筋《くびすじ》に嚙みつく。

組み合った二頭がコンクリート面をゴロゴロと転がった。転がりながらも、前肢で後肢で牙で、お互いを激しく攻撃し合う。どちらのものかわからない血でコンクリートが濡れた。

（峻王……峻王！）

壮絶な死闘に震える拳を握り締めていると、唐突に唸り声がやんだ。二頭が絡み合ったシルエットも動かなくなる。

シンと静まり返った駐車場で、侑希と迅人は息すらひそめ、ぴくりとも動かない塊《かたまり》をただじっと見つめた。

心臓がトクトクと煩《うるさ》い。きつく握り締めた指の感覚はすでになかった。

「……たか、お？」

カラカラに干上がった喉を開き、掠れた声を出す。

黒いシルエットがぴくりと動いた。ゆらりと、どちらか一頭が立ち上がる。シルエットだけではどちらなのかわからない。

ドクンッと、今までで一番大きく心臓が跳ねた。

狼がゆっくりと歩き出す。

前肢を引き摺りながらこちらに向かってくる。

その姿に「峻王！」と叫び、侑希は夢中で駆け寄った。

コンクリートに膝をつき、傷ついた狼の頸筋に抱きついて、ごわごわした硬い冬毛に顔を埋める。抱き締めた筋肉質の体軀《たいく》から、確かな脈動を感じた。

狼が湿った鼻面を侑希の頰に押しつけ、赤い舌でぺろぺろと舐めてくる。

「よかった……！」

喉が震え、目頭から熱いものが溢れた。

「峻王、助けてくれてありがとう」

侑希と峻王に近づいてきて礼を言った迅人が、次の瞬間、我に返ったように身を翻す。脱兎《だっと》のごとく駆け出した。

「迅人くん！」

あわてて侑希もその背中を追った。狼の姿の峻王も後ろからついてくる。

やがて視界の先に、ロングコートを纏った大柄な男が見えてきた。仁王立ちするその手にはサバイバルナイフが握られている。長い脚の隙間に、爛々と目を光らせ、今にも飛びかからんと頭を低めた狼が見えた。

「士朗、危ないっ」

迅人が叫んだ。

狼が飛ぶ。賀門に飛びかかり、押し倒す。コンクリートに仰向けに倒れ込んだ賀門が、その喉元に噛みつこうと牙を剥く狼に対抗して、ナイフを振り翳した。

「グオォオッ」

ぐわっと大きく開けたその口に、賀門が左腕を差し込む。そうしておいて、狼が腕に噛みついている間に、右手のナイフを狼の左頸動脈に突き立てた。肉を切らせて骨を断つ戦法だ。

「ウォオォオオッ」

致命傷を負った狼が咆哮をあげ、その隙に賀門が腕を口から抜く。さらに頸筋からナイフを引き抜くと、血飛沫が大量に噴き出した。

血を撒き散らしながらもんどり打ち、しばらくコンクリートをゴロゴロと横転していた狼が、ビクビクと激しく痙攣する。両目が徐々に光を失い、やがて動かなくなった。

血濡れたナイフを手に、よろよろと立ち上がった賀門に迅人が駆け寄る。

「士朗っ！」

迅人が飛びつくように抱きついた。

死闘の末に狼を倒した賀門もまた、血に濡れた手で、愛する者をきつく抱き締め返す。

ひしと抱き合うふたりを見て漸く、侑希の胸に最大の危機が去ったのだという実感が込み上げてきた。

「……よかった」

もう一度身を屈め、峻王の頸筋に腕を回していると、車の排気音が近づいてくる。

遮断機が壊れた出入り口から駐車場に入ってきた黒塗りのベンツが、４ＷＤを迂回して、侑希たちのすぐ側で停まった。ガチャ、ガチャとドアが開き、車内から都築と岩切が降りてくる。

「先生！　迅人！」

駆け寄ってきた岩切に、侑希は「ご無事だったんですね」と言った。

「先生も無事でよかった」

安堵の表情を見せた岩切が、迅人に視線を移して「おまえも無事でよかった」とつぶやく。次に、迅人の傍らに並び立つ賀門に目を向けた。賀門が携えたサバイバルナイフから狼の亡骸《なきがら》へと視線を落とし、ふたたび顔を上げる。

「あんたが倒したのか？」

賀門が淡々とした声で「そうだ」と答えた。

「そうか。……ひとまずは礼を言おう」

低く発した岩切が、

「だが、それと今までの件、これからのことはまた別だ。あんたには迅人と一緒に本郷の屋敷に来てもらう。あんたと迅人の今後については月也さんの決定に委《ゆだ》ねられる」

そう告げて顎をしゃくる。

それを合図と心得てか、都築が賀門に近づき、「ナイフを」と言った。肩を竦めた賀門がサバイバルナイフを都築に渡す。

「士朗……」

迅人が不安そうに賀門にしがみついた。賀門は却って吹っ切れたような面持ちで、迅人の肩を抱いている。

侑希は迅人に「大丈夫だよ」と声をかけた。

「月也さんは絶対にきみの幸せを一番に考えてくれる」

「……先生」

「まずは本郷に戻って、水川さんに診察してもらうことだ。いろいろ無理をしたからね」

侑希の目をしばらく見つめていた迅人が、こくりとうなずく。都築の誘導に素直に従い、賀門と一緒にベンツへ向かっていった。

狼の峻王と共に残った侑希は、しゃがんだまま岩切に尋ねる。

「本郷のほうはどんな感じですか？」

「かなり手こずりましたが襲撃者三名はこちらで捕獲しました。やつらから残り二名の情報を聞き出して、三名で先生たちを追いかけたんですが、途中で峻王が『もう時間がない』と言い出し、変身して先に現場へ向かいました。どうやらやつらが変身したことを匂いで嗅ぎ取ったようです」

岩切が、話せない峻王に変わって事情を説明してくれた。

そうだったのか。

「でも、どうしてここが？」

とたん、岩切が気まずげな表情を浮かべた。

「実は、非常事態に備えて先生の携帯にはＧＰＳチップが埋め込まれているんです。先日迅人のマンションまで尾行した際もGPS機能を補助に使いました」

侑希の携帯は、二年前、同居に当たって都築から支給されたものだ。GPSチップについては初耳だったので驚いたが、それくらいはされていても仕方がないのかもしれないと思い直した。それだけの『秘密』を自分は知ってしまっているのだから。

「すみません」

恐縮する岩切に、侑希は「いいんです」と首を振った。

「今回はそのGPSのおかげで助かりましたし、絶対の信頼を得るのに時間がかかるのはわかっています。こればかりは時間をかけてコツコツと積み上げていくしかない」

「いいえ、先生。GPS機能を使うのは今回きりです。今後は先生を疑うようなことは一切しないと誓います」

「岩切さん」

男の誓いに虚を衝かれ、ゆるゆると瞠目する。岩切がこの上なく真剣な顔つきで言葉を継いだ。

「先生は迅人のために命を張ってくださった。自分の身を犠牲にしても、迅人と子供を救おうとしてくださった。心から感謝します。そして先生を信じます。先生は我々の『仲間』だと信じます」

（……仲間）

ずっと心からの信頼が欲しかったけれど、一方で、それを勝ち得る難しさも痛感していた。

諦めかけていた言葉を思いがけず与えられ、胸の奥がじわりと熱くなるのを感じる。

「……ありがとうございます」

深く感じ入りながら頭を下げた侑希は、よかったなとでも言いたげに鼻面を押しつけてきた峻王の背中を撫でた。グルーミングのあとで、ピンと立った耳に囁く。

「さあ、家に帰ろう。怪我も手当しないとな」

8

本郷の屋敷に戻る前に、都築が車を水川の診療所へ回してくれた。

待機していた水川の診察を受けた迅人は、診察台から身を起こすなり、「赤ちゃんは?」と切羽詰まった声で訊いた。診察に付き添っていた賀門も真剣な表情で水川の診断を待つ。

「さすがは人狼の仔だ。強いな」

感心したように水川が言った。

「じゃあ……」

「ああ、大丈夫だ。それと、どうやら安定期に入ったようだな。これで流産の危険性はかなり減った」

「……よかった!」

安堵の声が零れ、自然と笑顔が浮かぶ。

妊娠については今ひとつずっと実感が湧かなかったけれど、もしかしたら失ってしまったかもしれないと思った時、自分の中にある新しい生命を改めて意識し、「この子を失いたくない」と強く思った。迅人の奥深くに眠っていた母性が目覚めた瞬間かもしれない。

賀門を見れば、彼もほっとしたようで、強ばっていた顔の筋肉を緩めた。

「あとはたっぷりと栄養を摂って、ストレスを感じないようゆったりとした気持ちで過ごすことだ。疲れない程度に適度に運動はしたほうがいい。安定期とはいえ定期的に検診したほうがいいから、また来週のどこかで診《み》よう」

「うん、じゃなくって、はい。水川先生、ありがとうございました」

板に付かない物言いに水川が笑った。

「水川さん、ありがとうございました。今後もよろしくお願いします」

賀門が頭を下げると、「自分も正直手探りな部分がありますが、全力を尽くします。赤ちゃんのために一緒にがんばっていきましょう」と励ましの言葉を返してくる。

「それと、賀門さん、傷診ますよ」

「あ、すみません」

左腕の嚙み傷の他にも、賀門はあちこちに傷を負っていた。狼相手に死闘を繰り広げたのだから、それも当然だ。

怪我の手当をしてもらう賀門の背中を見つめながら、今更ながらに、愛するひとを失わずに済んだ感慨が込み上げてくる。

お腹にそっと手を添えて、迅人は心の中で感謝の言葉を囁いた。

(赤ちゃんも……がんばってくれてありがとう)

その後、別の車で峻王と立花、岩切が到着し、やはり狼との闘いで肩を負傷した峻王が水川の治療を受けた。

迅人のお腹の子の無事を知って、立花も峻王も我がことのように喜んでくれた。岩切と都築も安堵したようだ。

診療終了後、水川の診療所から二台の車に分乗し、本郷の屋敷へと移動する。

都築が運転するベンツの後部座席で、迅人は賀門に寄りかかって身を預けていたが、屋敷が近づくにつれて徐々に緊張してきた。

——あんたと迅人の今後については月也さんの決定に委ねられる。

岩切の言葉が脳裏に蘇《よみがえ》り、きゅうっと胃が縮こまるのを感じる。

(これから……どうなるんだろう)

危険を顧《かえり》みずに体を張ってくれたみんなのおかげで、ひとまず当面の危機は去った。

だけど、自分たちの今後に関しては不透明なままだ。

まず第一に、賀門の処遇がどうなるのか。生まれてくる子供は？　そして自分は？

三人バラバラに引き離されるのか、それとも。

すべては当主である父の胸ひとつ。

——大丈夫だよ。月也さんは絶対にきみの幸せを一番に考えてくれる。

立花はああ言ってくれたけれど、父は自分の親である前に一族の領袖《りょうしゅう》だ。御三家の手前、情に流されることをよしとしない気もする。

考えるほどに胸の奥の不安がじわじわと広がってきて、シートの上の両手をぎゅっと握り締めた。

迅人の心情を察したのか、賀門が腕を肩に回して抱き寄せてくれる。

恋人の首筋に鼻先を擦りつけ、大好きな匂いを嗅いで不安を紛らわせているうちに、ベンツはいつしか屋敷の正門前に到着していた。

ベンツが瓦葺《かわらぶ》き屋根の正門を通過する。つい数時間前には、このあたりで英国人のカチコミに対する攻防戦が繰り広げられていたはずだが、今その痕跡は跡形もなく片付けられ、まるで何事もなかったかのように本来の静寂を取り戻していた。

おそらくは、先程の駐車場の狼の亡骸も岩切が回収したはずだ。明日になって、破壊された遮断機のバーに気がついた管理会社のスタッフが警察に届け出るかもしれないが、時すでに遅し。監視カメラに映っている英国人はもはやこの世には存在しない――。

「着きました」

運転席の都築がそう告げ、車寄せにベンツを停める。後部座席から降り立った迅人は、賀門、都築と連れだって屋敷の中に入った。

都築が洋間まで案内したのちに、「こちらで少しお待ちください。峻王さんたちも追って到着するはずです」と言い置き、自分は立ち去った。たぶん父の部屋へ赴き、これまでの経緯を説明するのだろう。

数時間前にも座った革張りのソファに腰を下ろす。「ここ、座りなよ」と座面を叩いて促すと、賀門も迅人の隣りに腰を下ろした。物めずらしそうに部屋の中をぐるりと見回し、「すげぇ部屋だな」とつぶやく。そういえば賀門がこの洋間に入るのは初めてだ。

「華族の洋館の一間を移築したんだって」

「へぇ……大したもんだ。さすが関東切っての老舗《しにせ》組織は違うな」

感心したような声を出す。かつて同じ業界に身を置いていた賀門には、思うところがあるのかもしれない。

「……俺たちだけにしちゃってよかったのかな」

しばしの沈黙のあとで、迅人が頭に浮かんだ疑問をぽつりと零すと、賀門が「逃げないと踏んでいるんだろう」と答えた。

「都築は頭のいい男だ。逃げるメリットとデメリットを秤《てんびん》にかければ、デメリットに針が傾く。だから逃げないとタカをくくっているのさ」

迅人は体を傾けて賀門の顔を覗き込む。

「……逃げないの？」

「逃げない」

賀門が意外なほどあっさりと言い切った。寸分の迷いもないその返答に意表を突かれる。

「おまえと俺だけならなんとかなるが、生まれた子供を連れて逃げ続けるのはキツい。定住できねぇのは子供がかわいそうだ」

「……でも」

そうは言うけれど、このあとの父の決断によっては、もしかしたら強制的に一家離散させられるかもしれないのだ。

（それどころか士朗は命だって危ない……）

迅人の物言いたげな眼差しから心の声を酌《く》み取ったのか、賀門がうなずいた。

「確かに、逃げるなら今が最後のチャンスだろう。だがもし逃げたら、俺たちと神宮寺を繋ぐ糸は今度こそ完全に切れる。おまえと生まれてくる子は、二度と親族および御三家のサポートを受けられない。俺はパートナーとして、また父親として、おまえたちにそんなリスクを負わせられない」

「父親……として？」

初めて賀門の口から出た「父親として」という発言に迅人は目を瞠った。迅人のびっくりした顔を面映《おもは》ゆそうに見つめて、賀門が顎をカリカリと指で搔く。

「実はな……今日は、子供が生まれたあと、三人で暮らせる場所を探していたんだ。どこか山深い土地で、できれば子供が狼の姿で走り回れる場所……これぱっかりは人任せにできねぇからな。自分の目で確かめるために車で遠出をしていた。立花先生と峻王くんが休みの間に目星をつけたいと焦って、結果身重《みおも》のおまえを危険な目に遭わせちまったが……」

明かされた事実に迅人はますます目を見開いた。

「土地を……？　え？　いつから日本に住むつもりだったの？」

「おまえの妊娠を知ってから、一昼夜考えて、生まれてくる子供にとって最適な生育環境は、やっぱり日本しかないという結論に至った。特に乳幼児は怪我や病気のリスクが高い。ちょくちょく水川さんに診てもらえる環境で育てるのがベストだ」

（ちゃんと……生まれてくる子供のことを考えて、行動してくれてたんだ）

賀門が妊娠の件をどう思っているのかがわかってほっとしたし、父親の自覚に基づいての行動は嬉しかったけれど、まだ完全には懸念が拭い切れず、迅人はおずおずと言葉を継いだ。

「俺、士朗は……急に子供ができて……もしかして困ってるんじゃないかって思ってた」

「困るわけねぇだろ？　おまえと俺の子だぞ？」

「そうだけど」

「そりゃあ妊娠を知った時は面食らった。おまえとの間に子供ができるなんて思ってもみなかった事態だしな。嬉しいって感情より、なんだそりゃそんなんアリかよ？　って気持ちのほうがでかかった」

正直な心情を吐露《とろ》されて、それはそうだよな、と納得する。自分だってつい今さっきまで実感が湧かなかったんだから。

「けど、次第にじわじわと俺って男はすげぇラッキーなんじゃないかって思えてきた。世にも稀少な人狼の嫁さんもらえただけでも充分ラッキーなのにかわいい赤ん坊まで。たぶん神様は、これで幼少期の埋め合わせをするつもりなんだって思ったね」

ややおどけた口調でそんなふうに言う賀門の大らかさ、懐《ふところ》の深さ、思考の柔軟さに、迅人は心の中で感謝した。普通はなかなかこうはいかない。こんなふうには対応できない。

このひとが「大きな人」でよかった。本当によかった。

「……今は子供が生まれてくるのを本当に、心から楽しみにしている。生まれた子供とおまえと一緒に空気が綺麗な土地でのびのび暮らす——そんな日を迎えるためにも、目下の最重要課題は、親父さんや御三家の信用を勝ち取ることだ」

　自分に言い聞かせるような声音を出して、賀門が表情を改める。

「親父さんや岩切さんにとって、俺は大事な息子を拉致監禁した上に、連れ去った不届き者だ。一族の『秘密』に関しても、口でいくら信用してくれと言っても一朝一夕には難しいだろう。だからといって、そこから逃げていたら未来永劫信頼を得ることはできない」

　だから「逃げない」なのか。

「俺と同じ立場でも、立花先生はきちんと神宮寺に溶け込み、着実に信頼を得ている。あのひとにできて、俺にできないってこともないだろう」

「……うん」

「俺も信じてもらえるまでできる限りのことをする。下働きでもなんでも。……指で済むならそれでもいい」

　最後にさりげなく付け加えられた一言に、迅人は「指!?」と叫ぶ。

「指の一本、二本で済むなら安いもんだ」

　賀門が唇の端に浮かべた凄みを帯びた笑みに、サーッと血の気が引いた。

「指詰めなんて、そんなの絶対ダメだよ！」

　大声を発して思わず腰を浮かせた時、ガチャリとドアが開いて峻王が顔を覗かせる。背後には、立花の姿もあった。

「すまん、待たせた。部屋に戻って着替えてきた」

変身した際に衣服が破れてしまったので、診療所で水川にスウェットを借りていたが、それを着替えてきたということのようだ。今はカットソーに黒のパーカーを羽織っている。右肩の負傷は骨には達していなかったようで、手当されているが服の上からはわからない。その傷も、完治までそう時間はかからないはずだ。人狼の肉体はこんな時は便利だ。

「どうした？」

中途半端に腰を浮かせていた迅人を、峻王が訝しげに見る。

「あ……ううん、なんでもない」

首を振って、迅人はソファに腰を下ろした。

「叔父貴と水川は今、親父んとこに行ってる。——そろそろ揃ってこっちへ来るんじゃねぇかと思うけど」

言いながら峻王が、ソファと向かい合わせの肘掛け椅子に腰掛ける。立花はその隣りの椅子に座った。

しばらくの間、各々の思いに囚われているかのように誰も口をきかず、洋間に沈黙が横たわる。

「…………」

今頃、父と御三家で話し合いが為されているはずだ。

その結果、どういった判断が下されるのか。

さっきの賀門の「指詰め」発言の衝撃を引き摺り、迅人は腰が据わらない気分でそわそわと父と御三家の登場を待った。

ほどなく、続きの間との間のドアがガチャリと開く。洋間の四人がぴくりと反応した。

まず岩切が洋間に入ってきて、次に父、都築、最後に水川が姿を現す。

父はいつものように当主の椅子に歩み寄り、静かに腰を下ろした。岩切が右斜め後ろに、都築が左斜め後ろに立つのも、見慣れた光景だ。今夜は水川がいるが、彼は空いていた肘掛け椅子に座った。

話し合いの態勢が整ったのを見計らってか、父がおもむろに口を開く。

「仁と都築、水川から大筋の経緯は聞いた。皆、ご苦労だった。突然の襲撃で不意を衝かれたが、皆の結束で最悪の事態を未然に防ぐことができた」

落ち着いた声音だったが、感情をあまり表に出さない父が、心底安堵しているのはわかった。

「襲撃者についてだが、捕獲した三名から事情聴取を行い、大方の背景がわかった。――都築」

父に促された都築が一歩前に進み出て、スーツの胸元から四折りの紙を取り出す。A4サイズに広げた紙に視線を落としながら説明を始めた。

「彼らは自分たちをゴスフォード一族と名乗っています。英国のコッツウォルズ地方に生息する人狼一族で、八十代の長老を筆頭に、六十代が一名、四十代が二名、三十代が二名、二十代が三名の計九名で構成され、全員が男性で親子や兄弟、従兄弟などの非常に近い血縁関係にあります。このうち、二十代の二名が迅人さんを襲い、賀門氏との格闘の末に一名が絶命しました。残り八名中五名が来日したようです」

淡々とした都築の述懐に、一同が黙って耳を傾ける。

「なぜ彼らは海を渡ってまで迅人さんを追いかけ、無謀《むぼう》とも思える襲撃を実行したのか。説明によると、彼らの一族は現在絶滅の瀬戸際に立たされています。その理由は彼らにもわからないが、この二十年ほど人間の女性との間に子供が生まれなくなってしまったようです。仮に妊娠しても、百パーセントの確率で出産まで至らず、途中で流産してしまうらしい」

「不育症《ふいくしょう》みたいなもんだろうな。もともと人狼の子供を産むのは母体に負荷が大きいから」

水川がひとりごちるようにつぶやいた。

その話は、迅人も先代の水川医師がまだ生きていた頃に聞いたことがあった。

迅人と峻王の母が亡くなったのも、二年続けて出産し、体に過度の負担をかけたせいもあったらしい。ふたりめの妊娠にあたり老医師は出産に反対したが、母がどうしても堕ろしたくない、産むと言って譲らなかったと——。

「今はまだ若い人狼が数名残っているが、彼らに子供ができなければ、早晩一族の血は絶える。未来に希望が持てない絶望的な状況の中、偶然に迅人さんと接触した長老が、『仲間』だと気がついた」

「あっ」

都築の説明を聞いていた迅人は、小さく声をあげた。

「その長老って、もしかしてあの時の……？」

「心当たりがあるのか？」

賀門の問いかけにうなずいた。

クリスマスイブにベーカリーを訪れた銀髪の老人。貴族めいた風貌が脳裏に還る。あの時、老人は不自然なほどに自分を見つめてきた。今思えば、あれは『仲間』を見つけた驚きだったのだ。

「しかも、ただ単に『仲間』であったばかりでなく、迅人さんが発していた匂いは、かつて一族に一名だけ存在した【イヴ】と同じだった」

「……【イヴ】」

「六十年前、羊を襲うという理由から血族のほとんどが人間の手にかかって殺され、二名だけが生き残ったそうです。ふたりは幼なじみで、男同士ではあったが、お互いをつがいのパートナーと定め、深く愛し合っていた。しかしこのままでは血族は絶滅する。すると、つがいの片割れが女性化し、パートナーである長老の子供を産んだ。子供を産んだ男性は、出産の数年後に事故で死亡。かろうじて人狼の血は受け継がれたが、その後、「生命」の意味を持つ【イヴ】は誕生しなかった――。そんな折、かつて【イヴ】をパートナーとした長老は、六十年の時を経て、救世主である迅人さんを見つけた。彼は一族を召集して命じたそうです。『どのような手段を講じてでも必ず、あの【イヴ】を手に入れろ』と」

都築がそこで言葉を切る。彼が折り畳んだ紙を胸元にしまったあとも、誰も口を開こうとしなかった。

どの顔も表情は複雑で、おそらくは神宮寺と遠い祖先で繋がっているのであろう――英国の人狼一族の前に立ち塞がる過酷な試練に想いを馳せているようだ。

迅人自身、説明を聞いて、彼らがすごく追い詰められていたのはわかった。神宮寺も似たような境遇であるし、事情を知って同情もする。しかしだからといって、いきなり襲って攫おうとするのは乱暴過ぎる。それは犯罪だし、どんな事情があっても正当化はできない。

せめて経緯を話してくれれば……。

いや……事情を知ったところで、彼らの子供を産むことはできないけれど。

単純には割り切れない思いを抱えていると、峻王が沈黙を破る。

「捕まえた三名は？」

「組の倉庫にいる」

岩切が答えた。大神組が所有する倉庫のひとつに監禁しているんだろう。

「そいつらどうすんの？」

「私が明日にでもゴスフォードの長老と話をする」

父が口を開いた。

「話し合いの結果、今後一切迅人に手を出さないという言質《げんち》が取れれば、三名は英国に帰す」

「信用できんの？」

「誇り高き一族の長たるもの、同族との約束を違《たが》えることはないだろう」

峻王が、ほんとかよ？　と言いたげな顔で首を竦める。

「向こうが勝手に日本まで押しかけて襲ってきたんだぜ？　下手すりゃ迅人を奪われて、こっちも致命傷を負ってた。その対応はちょっと甘いんじゃねぇの？」

「全面的に向こうに非があるのは事実だが、彼らはもう充分に愚かな行為の代償を払った」

英国で一名、そして日本で二名、都合三名の命。

そして、たとえ釈放されて英国に帰ったとしても、彼らの子供を産める女性が現れない限り、一族に未来はないのだ。

先の希望を断たれただけでも、かなりのダメージだと思う。

(激闘の末に怪我まで負った峻王が不満に思うのもわからなくはないけれど……)

ゴスフォードに関しては話がついたと思ったのか、父が峻王から視線を転じ、ソファに顔を向けてきた。

「賀門さん」

話しかけられた賀門がぴりっと神経を尖らせるのがわかる。迅人もぴくっと肩を震わせた。

(ついに……)

ついに裁きの時が来た。いよいよ自分たちの「将来」が決まるのだ。

賀門が居住まいを正し、「はい」と応じる。

「このたびは二度に亘《わた》り、迅人をゴスフォードの手から救ってくださってありがとうございました。迅人の父として、神宮寺一族の長として、御礼を申しあげます」

父が深々とこうべを垂れた。

「と、父さんっ」

頭を下げる父を初めて見た迅人が衝撃のあまりに上擦った声を出し、賀門もガタッと立ち上がる。

「神宮寺さん、どうかお顔を上げてください」

焦った賀門に請われ、父がゆっくりと頭を元に戻した。その臈長《ろうた》けた貌《かお》をまっすぐ見つめて、賀門が言葉を継ぐ。

「当然のことをしたまでです。わざわざ礼を述べていただくまでもありません」

「しかし、あなたは命がけで迅人を護ってくださった」

「私にとって、迅人くんは命を捧げるに値する存在なんです。それだけの相手に巡り会えることができたのは、本当に幸せだと思っています。迅人くんをこの世に生み出してくださった亡き母上、そしてここまで育ててくださったあなたにも、心より感謝しています」

真剣な声で告げた賀門が、不意に膝を折った。迅人があっと声をあげるより先に、床に直に正座をする。膝の少し前に手をつき、父を見上げた。

「お父さん、私のほうこそお詫びをせねばなりません。一年前にご挨拶《あいさつ》に伺って以降、大変な不義理を致しました。差し迫った事情があったとはいえ、了承を得ずにお父さんのもとから迅人くんを奪い去るような結果になりましたこと、深くお詫び申しあげます。長らくご心配をおかけしました」

床に額を擦りつけんばかりに低く頭を下げ、賀門はしばらく微動だにしなかった。みんな息を詰めて元高岡《たかおか》組組長の土下座を見つめている。

「無論、土下座で済むとは思っておりません」

一同の視線が集まる中、頭を下げたまま、賀門が腹をくくったような深い低音を紡ぐ。

「元極道らしく筋を通せとおっしゃるならば……」

「賀門さん」

賀門の言葉を遮るように、父が低く呼んだ。

「この一年の間、あなたは迅人をとても大事にしてくださったようだ。詳しく聞かずとも迅人の顔を見ればわかります」

賀門が何かに打たれたみたいに肩を揺らした。

「わかるんですよ。親ですから」

父の口許に浮かんだ——それは、迅人ですら初めて見る笑みだった。

親である自負と哀切が入り交ざったかのような……。

「あなたもいつか、今の私と同じ気持ちを味わう日が来るかもしれない」

「……お父さん」

「子供の幸せを願わない親などこの世には存在しません。迅人には、この先もずっと笑顔でいて欲しい」

父の言葉に、賀門がゆるゆると両目を開く。

「じゃあ……」

「仁、おまえはどうだ？」

父が背後に立つ岩切に振って、舞い上がりかけていた迅人はふたたび緊張した。

実のところ、父よりも叔父のほうが難関かもしれないと思い至ったからだ。

岩切は少しの間、口を開かなかった。憮然《ぶぜん》と賀門を見下ろしていたが、漸《ようよ》う口を開く。

「迅人の親族として言いたいことは山ほどあるが……さっきあんたは逃げなかった。迅人を連れて逃げる最後のチャンスだったのに、そうしなかった。俺はそれをあんたの覚悟だと受け取る」

さっき――というのは、都築が去り、峻王たちがこの洋間に来るまでの間だろう。

(……叔父貴)

逃げない、と決めた賀門の覚悟が伝わったのだとわかって嬉しかった。

「都築、おまえは？」

父に水を向けられた都築が、眼鏡のフレームをすっと中指で押し上げる。

「迅人さんおひとりであるならば、賀門氏と別れさせるという選択肢もありますが、子供ができたとなれば話は別です。現在迅人さんのお腹に宿っているのは、ゆくゆく神宮寺家の跡目を継ぐ大切な命です。余計なストレスをかけないように両親のもとで、さらに我々の目の届く場所で育てるべきでしょう。そのためにも便宜《べんぎ》上、迅人さんと賀門氏には日本に住んでもらう必要がある」

「つまり、賀門氏を我々の『仲間』として受け容れるということだな？」

父の確認に都築が冷静な声音で、「あくまで絶対に『秘密』を他言しないことが大前提ですが」

と答えた。

「水川？」

「月也さんの決定に異論はありません。子供にはやっぱり父親が必要ですよ」

最後に矛先《ほこさき》を向けられた水川がにっこり笑う。

御三家の意見の一致を見て、父が改めて賀門に告げた。

「賀門さん、我々はあなたを信じます。これからも迅人と子供をよろしく頼みます。お腹の子はあなたの子だ。どうか幸せにしてやってください」

「ありがとうございます！」

感極まった面持ちの賀門が平伏し、次に顔を上げて父をしっかりと見据える。

「この命を賭《と》して迅人くんと子供を護り、必ずや幸せにすると誓います。お許しくださってありがとうございました」

誓いの言葉を聞くやいなや、迅人がソファから勢いよく立ち上がった。恋人のもとへと駆け寄る。まだ床に正座している背中に抱きついた。

「士朗！」

「迅人」

「迅人くん、賀門さん、よかった！」

やはり駆け寄ってきた立花と、迅人は喜びのハグをする。

「お許しが出てよかったな」

そう言いながら近づいてきた峻王が、正座を解いて立ち上がった賀門の肩に腕を回してぽんぽんと叩いた。

「コジュウトが多くて大変だけど、がんばれよ、婿《むこ》どの」

その夜、賀門は本郷の屋敷に泊まることになった。

母屋の客間を宛がわれたが、「寝つくまで一緒にいてよ」と迅人がおねだりし、賀門も安定期に入ったとはいえやはり心配だったのだろう。家人が寝静まったあとで、こっそり離れの迅人の部屋まで足を運んでくれた。

「へぇ……ここがおまえの部屋か。ふーん、台所までついてんのか。便利だな」

部屋に入るなり、賀門は興味深そうに、ぐるっと部屋の中を一周して回る。迅人は迅人で、着流し姿の賀門が新鮮で、思わずじっと見つめてしまった。風呂を使ったあと、着替えがなかった賀門は、岩切に着物一式を貸りたのだ（サイズ的に岩切のものしか合わなかった）。

初めて見たが、肩幅があり、上半身にしっかりと厚みがあるので、着物もすごく似合う。

（かっこいい）

ベッドに腰掛けてぽーっと見惚れていると、ひととおり室内を検分した賀門が近づいてきた。自らも迅人の傍らに腰を下ろし、大きな手で迅人の頭をぐりぐり撫でる。いつもの日常が戻ってきたみたいで嬉しくなった。年明けからずっと気の休まる暇もなかったから……。

「腕、大丈夫？」

着物の袖口から、左腕の手首の少し上あたりに巻かれた包帯が見えて、心配になった迅人は尋ねた。

「ああ、革のコート着てたのが幸いして、さほど深い傷にならなかった。水川さんにもらった抗生物質と痛み止めも飲んだし、おかげで今は痛みも収まっている」

「よかった」

「おまえこそ無事でよかったよ」

背中に逞《たくま》しい腕が回ってくる。肩をぎゅっと抱き寄せられた。迅人も広くて硬い胸に顔を埋める。喉の奥からふーっと吐息が漏れた。

耳を寄せた胸から伝わってくる規則正しい心臓の音。

ふたりとも生きている。生きて、今この瞬間一緒にいられる。それが嬉しい。

(本当に……よかった)

最大の危機を乗り越え、父や御三家に許され——お腹の子供を含めて親子で共にいられる喜びを嚙み締めていると、賀門が抱き締めていた腕の力を緩め、ずるずると迅人の膝に上半身を倒してきた。

膝枕？

こういった体勢になるのはめずらしい。まるで賀門のほうが甘えているみたいだ。

賀門が迅人の腹に側頭部を押しつけ、何かを聞き取ろうとしているかのような表情をする。

「……まだなんにも聞こえないな」

「もしかして……赤ちゃん？」

「ああ……」

「俺自身胎動を感じないくらいだから……まだすごくちっちゃいんだと思う」

迅人の返答に、そっか、とちょっと残念そうにつぶやいた賀門が、倒していた上半身を戻した。

迅人の顔を覗き込み、改まった口調で「迅人」と呼ぶ。

「ん？」

「ありがとうな」

何がありがとうなのかとっさにわからず、「何？」と訊き返した。

「俺は……自分が子供を持つ日が来るとは思わなかった」

灰褐色の双眸が、真剣な眼差しで迅人を見つめる。

「ガキの頃から肉親には縁が薄かったし、やくざもんの自分が家族なんか作ってもろくなことはねぇと思ってた。職業柄長生きできるとも到底思えなかったしな」

賀門の幼少期が恵まれたものではなかったと知っていたけれど、そんなふうに思っていたとは知らなかった。

だから、女性にすごくモテそうなのにこの年になるまで独り身だったのかと気がつく。

「家族なんてそんな贅沢《ぜいたく》なもん、自分が持てるようになるとは思ってもみなかった。生涯の伴侶を得ただけでも身に余る幸運だと思っていたが……その上子供まで……本当に感謝してる。ありがとう」

「……士朗」

心からの言葉だとわかる真摯な声音に、胸がじわっと熱くなる。

俺だって、同じくらいに感謝してる。

こんな……異形の俺を愛してくれて……。大切にしてくれて。

込み上げてきた想いが、唇から自然と零れた。

「たぶん、俺の体が変わったのは士朗のせいだよ。士朗を好きになって、そして士朗も愛してくれて、自然と体が変わったんだ。士朗の子供を産みたいって」

「迅人」

目の前の、二枚目と言い切ってしまうには若干癖のある貌がやさしく蕩《とろ》けた。日本人離れした造作に手を伸ばして触る。秀でた額にくっきり濃い眉。高い鼻と少し大きめの口。無精髭《ひげ》の散る、がっしりとした顎。

身を屈め、顔をわずかに傾け、そっとくちづけた。唇を押しつけ、ちゅくっと音を立てて吸う。賀門も唇を吸い返してきた。ちゅっ、ちゅっと啄《ついば》むみたいなキスを繰り返しているうちに、じわじわと体温が上がってくる。

いつしか自分が欲情していることに気がつき、迅人は瞠目した。悪阻が始まってからはそれどころじゃなくて、発情モードもぴたりと収まっていたのに。

赤ちゃんがお腹にいるのに、エッチしたいって思うなんていけないことだろうか。

でも今、すごく士朗が欲しい。欲しくてたまらない……。

(我慢できないよ)

熱っぽい眼差しで訴えると、賀門がじわりと両目を細めた。どうやら口にせずとも迅人の「欲しいもの」を察したようだ。

「そりゃ俺だって……けど、腹の子に障るんじゃねぇか？」

心配そうな問いかけに、迅人は思案げに答える。

「安定期に入ったし……そんなに激しくしなければ大丈夫なんじゃないかな。適度に運動はしたほうがいいって水川も言ってたし」

その言葉が迷う賀門の背中を押したらしい。

「わかった。……いつもよりやさしくする」

甘い低音で囁くと、額に唇を押し当てたまま、迅人の体をゆっくりと押し倒してきた。


いつもよりやさしくする――と言った賀門の宣言は嘘ではなかったようだ。

スウェットの上下を脱がされ、一糸纏わぬ姿でベッドに横たわった迅人は、覆い被さってきた賀門に、首筋や耳朶《じだ》、耳の後ろをじっくり丁寧に愛撫された。

大きな手のひらが、ソフトタッチで素肌に触れてくる。花びらを散らすみたいに、いろいろな場所にやさしいキスを落とされた。

うやうやしく手を取られて、指の一本一本、関節のひとつひとつにもくちづけられ、指の間に舌を這わされる。

まるで壊れ物に触れるみたいな慎重で丹念な愛撫が気持ちよくて、迅人はうっとりと目を閉じた。こういった「お姫様扱い」モードは普段あんまりないので、なんだか新鮮だ。ワイルドで強引な恋人もいいけれど、これはこれですごくいい。

首筋から鎖骨の窪みを通って、胸へと降りてきた唇が、ぷつんと尖った乳首に触れる。ざらりと舌で舐め上げられ、ぴくんっと全身が震えた。

右の乳首を口に含んだ賀門が、舌で転がす。

「ちょっと大きくなってるな」

口を離した賀門にそう評され、迅人は少し首を起こして、唾液でべとべとになった乳首を見た。

「……そうかな?」

自分ではあんまりよくわからない。でも、こと乳首に関しては持ち主の自分より賀門のほうがずっと詳しいはずだ。いつだって執拗《しつよう》に舐めたり、弄《いじ》くり回したりしているから。

その賀門が言うのだから、そうなんだろう。

「妊娠すると大きくなるって言うからな」

「そうなの?　……なんかやだな」

「嫌なのか?」

「だって……」

賀門がいつも「ちっちゃくてかわいい」と言ってくれていたのに、大きくなっちゃったら、もうかわいがってくれなくなっちゃうかも。賀門の手のひらサイズだった尻だって今より大きくなって、ウェストが括《くび》れて、お腹が膨らんで、胸も膨らんで……。

なんだかグロテスクな自分しか思い浮かばない。

「士朗は……嫌じゃない？」

「俺は別にどうなっても構わねぇよ。おっぱいが膨らむなら膨らむでいいし、またぺちゃんこになったら、それはそれでいい。どんな体だっておまえの体だ。肉体の変化なんて表面的なことだろ？」

肉体に惚れてるわけじゃない。大事なのは中身だ、と揺るぎなく言い切る。

そう言ってもらえて、ちょっとほっとした。

「それに、ボリュームがある乳首も悪くない。愛撫のし甲斐があるしな」

そんなふうにつぶやいて、にっと笑う。ふたたび胸に顔を埋めた賀門が、乳暈《にゅううん》を舌先で舐め回し、乳頭をちゅうちゅうと吸い、時折カリッと先端に歯を立てる。

「あっ」

甘噛みされて、高い声が鼻を抜けた。同時に左の乳首を指が摘《つま》み、くりくりと擦り立てられる。異なる刺激に翻弄され、迅人は腰をくねらせた。

大きさに関しては実感がなかったが、感度は明らかに前より上がっているようだ。ブランクのせいかもしれないけれど……甘噛みされるたびに微弱な電流がピリピリと走り、どんどん熱を孕んでいく。胸だけでなく、下腹部にも血液が集まっていくのがわかった。

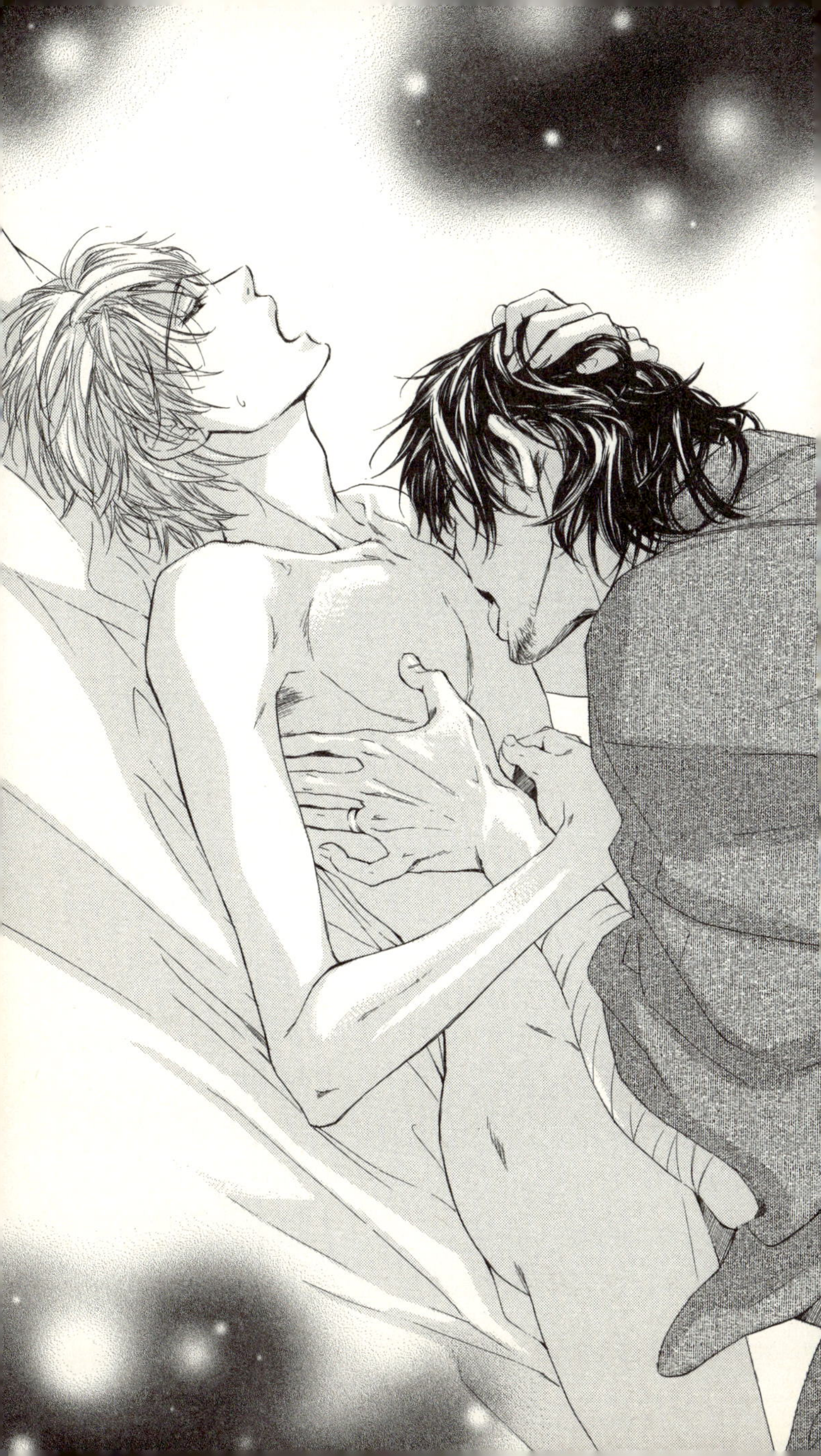

（……熱い）

胸の愛撫によっていつしか兆《きざ》し始めていた欲望に、賀門が手を伸ばす。円を描くようにやわらかく先端を揉み込まれ、熱い吐息が漏れた。

「は……ふ……」

大きな手が軸を握る。迅人の顔を熱っぽい眼差しで見下ろしながら、賀門がその手を動かし始めた。鞣《なめ》し革のような硬い手のひらで扱《しご》かれた部分から、じわじわと甘やかな官能が染み出してくる。

敏感な裏の筋を少し強めに擦られ、「アッ」と高めの声が出た。

「……いいか？」

「んっ……いい……すごく……気持ち、い……」

ツボを心得た賀門の手淫は、強弱のつけ方やタイミングが絶妙で、ものの数秒で先端に透明な滴《しずく》が盛り上がる。親指の腹で亀頭を擦られると、にちゅっといやらしい音がした。粘ついた先走りが透明な糸を引くのを見て、こめかみが熱くなる。

「すげーな。もうぬるぬるだ」

賀門にそんなふうに言われてなおさらカッと顔が火を噴いた。

「こっちもパンパンだ。しばらく出してやってなかったからな」

腫れあがった蜜袋を強めに揉みしだかれて、「んっ、あっ」と腰をうねらせる。また蜜がとぷんっと溢れ、軸を伝ってもう薄い叢《くさむら》まで湿っている。瞳が濡れて、喉が震えた。

ねっとりとした快感に身悶えていると、賀門が体をずり下げ、迅人の両脚を摑んだ。大きく開脚させられてひくんっと身を震わせる。

「なっ……何？」

膝頭にちゅっとくちづけたあと、熱っぽい唇が内股の皮膚を辿り始める。時折触れるチクチクした髭の感触に、腰がぴくぴくと跳ねた。ゆっくりと脚の付け根まで降りてきた唇が、今度は欲望の先端にちゅっとくちづける。

「ここも……じきに小さくなっちまうなら、今のうちにかわいがっておかねぇと」

言うなり、すでに勃《た》ち上がっていた欲望を口に含んだ。熱い粘膜にすっぽり包まれて、喉の奥から「ふぁ……」と声が漏れる。

太股を押さえつけた賀門が口全体を使ってペニスを愛撫し始めた。

「ふっ……ぁっ……んん」

舌で裏の筋を辿られ、感じるポイントをきゅうっと吸われて、背筋をゾクゾクと快感が這い上がる。鈴口から溢れた蜜をわざと音を立てて啜られ、尿道口を舌先で擽られて、恋人の口の中で欲望がビクビクと跳ねる。

気持ち……いい。あんまり気持ちよくて、頭がぼぅっとしてくる。

自分のアソコが、アイスキャンディにでもなったみたいだ。

どろどろに……溶けそう。

（……蕩ける……溶けちゃう）

呼吸が忙しくなり、全身がうっすら汗ばんできた。

無意識にも賀門の頭に手を伸ばし、存外に柔らかい黒髪に触れる。長めの髪に指を絡ませ、縋るみたいに摑んだ。

「しろ、う……」

ダメ。このままだと、口の中に出してしまう。

「出ちゃう。……出ちゃう、よ」

震える声で訴えたけれど、恋人は口戯をやめようとしない。

どうしよう。このままじゃ……。

「で、出るっ……ほんと……だからっ……は、放してっ」

切羽詰まった声で懇願したのに、むしろ早く出せと言わんばかりに愛撫を深められた。窄《すぼ》めた唇の輪をじゅぷじゅぷと出入りさせられて、強烈な刺激に腰が大きくうねる。

「出ちゃ……あっ……あっ……あぁ——ッ」

喉を反らし、腰を震わせて、迅人は口腔内にとぷっ、とぷっと精を放った。そのすべてを、賀門は躊躇《ためら》うことなく呑み下す。

「はぁ……はぁ」

涙でけぶった視界に、尖った喉仏を上下させる恋人が映り込んだ。

「の……呑んだの？」

口の端から滴《したた》った白濁を指で拭い取った男が、にっと笑う。

「体が完全に変わっちまったら、しばらくはおまえのミルクも呑めなくなるからな。呑み収めしとかねぇと」

そんなことを言って赤面させた賀門が、絶頂の余韻にぐったりと横たわる迅人の脚の間に手を差し込んだ。

「あっ……」

尻の奥まで侵入してきた長い指が、つぷっと窄まりを割ってくる。自分が放った白濁を塗り込む動きに、迅人は反射的に腹筋に力を入れた。が、強引な指はぬめりを借りて体内にずぶずぶと入り込んでしまう。

「あうんっ」

根元まで押し込まれ、背中が反り返った。

長くて骨張った指で狭い肉壁を捏《こ》ねられ、中を掻き混ぜられて、喉から「あっ、あっ」と嬌《きょう》声《せい》が迸《ほとばし》る。指先が前立腺を掠めるたび、首筋がぞわっと粟立《あわだ》った。

体内と同時に欲望の印を扱かれ、快感の波状攻撃にたまらず、腰をゆらゆらと揺らす。

体の奥が疼《うず》いて……熱い。

さっき出したばかりなのに、もう昂ぶって、たらたらと涎《よだれ》を垂らしている。

中にいる賀門の指をきゅうきゅうと締めつけている。

そんな自分が恥ずかしくて嫌なのに、止められない。

「すげぇ欲しがってんな」

掠れた声が落ちてきて、陶然と快感に酔っていた迅人はうっすら目を開いた。視線の先の灰褐色の瞳にゆらゆらと揺れる欲情の熾火《おきび》を見つけ、小さく息を呑む。

「欲しいか?」

「…………」

黙っていると、手を掴まれ、股間に導かれた。着物の上から、それでもわかるほどに滾《たぎ》った猛々しい欲望を握らされておののく。

「コレが、欲しいか?」

喉がこくっと鳴った。

火傷しそうに熱くて、圧倒的に大きくて、いつだって自分をわけがわからなくさせるソレ。

掻き乱されたい。獰猛《どうもう》に奪われたい。めちゃくちゃにされたい……。

そんなことを求める自分の浅ましさが疎《うと》ましかったけれど、嘘はつけない。

「欲し……い」

羞恥を堪え、消え入りそうな声で乞うた。賀門が肉感的な唇を横に引く。

「よしよし、エロくていい子だ」

甘い声で囁いて、ずるっと指を引き抜いた。突然の喪失感に「あっ」と恨みがましい声が出る。

「ちゃんと今やるから。少し待ちな」

そんなふうに宥めて、自分の着物の帯を解いた。さらに着物の裾をはしょり、ベッドの上に胡《あ》座《ぐら》を掻く。そうして迅人を自分の上に後ろ向きに跨《また》がらせた。

「なるべくおまえの負担にならない方法ってぇと、やっぱこれだろ？」

「座ったままってこと？」

「そうだ。ゆっくり……腰を下ろしてみな」

賀門の誘導に従い、膝立ちの迅人はそろそろと腰を落とす。尻の間に硬い屹立を感じた。

硬くて……熱い。

すぐに欲しかったけれど、先走りで濡れた亀頭がぬるっと滑る。なかなか狙いが定まらない。

賀門に腰を支えてもらいながら、隆《りゅう》と天を仰ぐ勃起を手で摑み、もう片方の手で自ら尻の肉を割った。後孔に宛がい、ゆっくりと腰を沈める。ずぶっと先端が突き刺さり、衝撃に息が止まりかけた。

「ひっ……あ……っ」

悲鳴が飛び出る。涙が眦にぶわっと盛り上がった。

「大丈夫か？」

賀門が心配そうな声音で窺ってくる。

「ひさし……ぶりだから」

この一年、三日にあげず抱き合っていたから、一週間以上のブランクが空いたのは、一緒に暮らし始めて初めてのことだ。

「そうだな。……腹の子供のこともあるし、じっくり……ゆっくりいこう」

やさしい声であやした賀門が、耳許にちゅっとくちづける。耳朶を甘噛みしながら、迅人の欲望を手で握った。衝撃に萎《な》えたそれをゆるゆると扱き上げる。

「あっ……は、ん」

鼻から吐息が抜けた。シャフトをぬくぬくと扱かれているうちに、少しずつ快感が戻ってきて、ガチガチだった体も緩み始める。

「は……あ……うぅ、ん」

肩口や首筋にゆるく歯を立てられ、ぷっくりと凝った乳首を指で愛撫されて、次第に甘い嬌声が口をついた。賀門を食《は》んでいる部分からも、痛みだけじゃない感覚が染み出してきて……。

頃合いを見計らったみたいに、賀門が下からぐっと腰を入れてくる。

「んっ……く、んっ……あぁっ」

喉を反らし、喘ぎ声を漏らしつつ、迅人はじわじわと熱の塊を呑み込んだ。上から下から、ふたりで協力し合い、どうにかこうにか根元まで受け入れることができる。

汗にしっとり濡れた迅人を、賀門が後ろからぎゅっと抱き締めてきた。

「よし、よくがんばった」

ちゅっ、ちゅっとご褒美みたいなキスがこめかみと頬に降り注ぐ。賀門の胸や腕もまた、汗で湿っていた。心臓の鼓動も速い。時間をかけて繋がるのは、恋人にとっては負担が大きかったのだと、その時気がついた。中途半端に締めつけられている時間は苦行以外の何ものでもなかっただろう。

それでも、迅人の体調を優先してくれた恋人のやさしさに、じわっと胸が熱くなる。

「……士朗」

(……好き)

大好き。

首を捻ってキスをせがむ。すぐに希望は叶えられ、唇を合わせたまま、賀門が緩やかに動き始めた。大きな体に包み込まれた状態で揺すり上げられる。

慎重でやさしい、さざなみのような抽挿《ちゅうそう》。繰り返し、下からズクズクと突かれていると、突かれた場所がジンジン痺れてくる。一刺しごとに快感が高まり、恋人を食んでいる粘膜が淫らに蠕動《ぜんどう》するのがわかった。中の賀門もさらに逞しさを増していく。

達したばかりの狭い場所を、硬くて逞しいものでこじ開けられる気持ちよさに、上半身が揺らめいた。これればかりは絶対に自分ひとりでは得られない官能だ。

「んっ……あっ……ん」

気がつくと迅人は、さらなる快感を追い求めるために、自分から腰を浮かせていた。膝に力を入れて体を持ち上げ、抜けそうになるギリギリのところで身を沈める。横に張ったエラで内襞《うちひだ》を擦られると、尾骶骨《びていこつ》から背中にかけてがゾクゾクした。

「ふ……う、……んん」

もっとしたたかな充溢《じゅういつ》を感じたくて、体内の恋人を甘く、きつく締め上げる。

うっと息を呑む気配のあと、背後でチッと舌打ちが落ちた。

「くそっ……ケツ揺らして、ぎゅうぎゅう中締めつけやがって……危うくイキかけたじゃねぇか」

低音が鼓膜を震わせた直後、太股の裏を摑まれ、大きく脚を割り開かれる。

「……あっ」

自分と賀門が繫がっている場所——結合部分が見えて、狼狽《うろた》えた声が漏れた。

いっぱいいっぱいに広がった自分の後ろが、濡れた脈動を咥《くわ》え込んでいる。賀門が腰を蠢《うごめ》かす都度、にちゅっ、ぬちゅっと卑猥《ひわい》な水音を立てて怒張が出入りするのが見えた。時折ピンク色の粘膜が捲れて覗く赤裸々なビジュアルにカーッと全身が熱くなる。

「……やっ……」

嫌なのに、なぜか目が離せない。真っ赤な顔で固まっていると、耳許に囁かれた。

「すごいだろ？　おまえのちっちゃくてかわいい孔《あな》がめいっぱい口広げて俺のをきゅうきゅう締め上げてんのがわかるか？」

「や……やだ」

そんなのいちいち口で説明しなくていいのに。

「おまえん中……たまんなく気持ちいいぞ」

感じているのが伝わってくる低音に、とくんっと心臓が跳ねた。

「ったく、誰がこんなやらしいカラダにしたんだか。ま、素質もあったんだろうが、やっぱり教え方が上手かったんだよな」

それを自分で言う？

「大好きなんだよな？　俺のが」

にやけた声に唇を噛んだ。否定できないのがなんだか悔しい。

「………う」

「好きだよな？　ん？」

答えの代わりに、きゅうっと自分の中の賀門を締めつける。

「あっ……こら」

不意を衝かれたような声がして、「ったく」と苦笑混じりの低音が落ちた。

「そんな悪い子にはお仕置きだな」

言うなり下からずんっと突き上げられる。

「あぅっ」

手加減を忘れた激しさに視界が上下にぶれた。迅人の華奢《きゃしゃ》な体が賀門の膝の上でリバウンドする。

「やっ……あぁっ……や、ぁ」

ひときわ強く突き上げられ、上半身が大きくしなった。

仰向いた顔を大きな手で摑まれる。顎を捻るように唇を塞がれて、口の中にねじ込まれた舌に舌を絡ませた。

「んっ……んん、……ぅ、ん」

少し乱暴に口腔内を掻き混ぜられ、唇の端から収まり切らない唾液が滴った。迅人が必死に舌の愛撫に応えている間も、賀門は間断なく穿《うが》ち続ける。

（も……イク……っ）

唇が離れたかと思うと、首筋に頑丈な歯を立てられた。ぴりっとした甘い痛みが全身を突き抜ける。

「あっ……」

クラッと頭が眩んだ刹那、体内の雄がぐんっと膨らんだ。

弾ける――！

「………っ」

ぴしゃりと叩きつけるような放埒《ほうらつ》で最奥が濡れた。

続けて、二度、三度と腰を入れられる。内襞がきつく収縮して、白い腹がひくひくと痙攣した。濡れたペニスが跳ね、白濁を撒き散らす。

「あっ、あっ、あぁ――っ」

たっぷりと濃厚な飛沫を浴びせかけられながら、迅人もまた絶頂に達した。

「は……ふ……」

肺の奥から溜めていた息を吐き出し、後ろにしなだれかかった迅人を賀門がしっかりと抱き留める。鼓動の速い胸にぎゅっと抱き締められた。

「前、弄らねぇでイケたな？」

その指摘に涙でけぶった両目を瞬かせる。

そういえば……後ろだけで達《い》ったのか？

「いい子だ」

賀門が迅人の頭の天辺に口をつけ、熱い息を吹き込んできた。

「迅人……愛してる」

掠れた囁きと一緒に、甘やかな充足感が胸に満ちる。

「俺も……士朗……愛してる」

囁き返してから首を捻り、迅人は背後の恋人とゆっくり唇を合わせた。

9

月也と御三家が賀門と迅人を許した。

賀門を「仲間」として受け容れ、お腹の子供を迅人とふたりで育てていくことを認めた。

迅人は本郷の屋敷で出産の日を迎えるだろうし、その後も――親兄弟と同居するかどうかはまだわからないが――少なくとも日本で子育てをするだろう。

無事に生まれれば、その子供に神宮寺の血が受け継がれる。

稀少な血が、次世代へと続いていく可能性が出てきた。

（よかった）

洋間での親族会議が解散になり、水川と都築が本郷をあとにしたのち、峻王と一緒に母屋から自室に引き上げる途中の廊下で、侑希は改めて安堵の息を吐いた。

「……本当によかったよ」

侑希のつぶやきに、傍らの峻王も「そうだな」と同意する。

「親父たちの許しが出てよかった」

この一年、峻王は心の片隅でいつも兄の迅人のことを気にかけていた。

愛するひとと一緒に暮らすのが幸せだとわかっていても、遠方でのトラブルに対する危惧は常にあっただろうから、こうなってほっとしたのだろう。

「やっぱ実家のフォローがあったほうが何かと安心だもんな」

「あとは……無事に元気な赤ちゃんが生まれてくれれば」

そんな会話を交わしながら廊下を歩いていると、「先生」と呼び止められた。

振り返った侑希の視線の先に、月也と岩切が立っている。

「月也さん」

和装の月也が静かに歩み寄ってきて、侑希の前で足を止めた。

「先生、このたびは迅人の件でご心労とご面倒をおかけしました。また非常に危険な場面で先生が身を挺《てい》して護ってくださった件、迅人に聞きました。御礼申しあげます」

一族の長に頭を下げられた侑希はいささか動揺する。

「そ、そんな……そんなふうにしていただくようなことじゃありません。結果的にあんまりお役に立てなかったですし」

「いいえ、先生が連れて逃げてくださらなかったら、迅人は私たちのもとに帰ってこなかったかもしれない。そう思えばいくら感謝してもし足りません。本当にありがとうございました」

「……あの、自分だけじゃなくて、賀門さんや峻王くん、岩切さんや都築さん、もちろん月也さんも……みんなが迅人くんのために精一杯力を尽くした……その結果だと思います」

差し出口をきくようで、躊躇いつつも言葉にすると、月也がうなずいた。

「そのとおりです」

「迅人くんが戻ってきてくれて本当によかったです。跡継ぎの件も……心配していたので」

小さな声で付け加える。月也が杏仁型の双眸を細めた。

「先生――迅人が戻ってきても、あなたが私の『もうひとりの息子』であることには変わりがありませんから」

思いがけない台詞に胸を突かれ、レンズの奥の目を瞠る。

「月也さん……」

「一年前、あなたは『迅人くんの代わりに、私がなります』と言ってくださった。その言葉のとおり、迅人のいない日々の寂しさを埋めてくれたのは、紛れもなくあなたでした。先生が私のために心を砕き、親身に接してくださったことを一生忘れません」

「………っ」

望外の言葉に息が詰まって、一瞬呼吸ができなかった。

岩切に「仲間だと信じます」と言われた時も、胸が熱くなったけれど。

「これからも、息子として家族として、私と神宮寺を支えてくださると嬉しいです。お願いします」

「……はい。……はい」

喉元まで一気に込み上げてきた熱い高まりを懸命に堪え、短く「はい」だけを繰り返す。それ以上何か言ったら、我慢できそうになかった。

「先生」

気がつくと峻王が肩に手を添えて、耳許に囁いている。

「みんな……あんたが好きなんだ。迅人と同じくらいにあんたが大事なんだよ」

その駄目押しでぷつっと何かが切れた。顔がくしゃっと歪む。盛り上がってきた涙で視界が侵食された。我慢し切れず、ついに溢れる。

「……ふっ……うぅ……」

気が弱くて小心者の自分だが、生理的な現象以外で涙を流したのは、本当にひさしぶりのことだった。

「先生……泣くなよ。……先生」

峻王にやさしくあやされ、背中を撫でられれば、余計に嗚咽《おえつ》が止まらなくなる。涙腺が決壊したみたいに涙が止まらなかった。

三十にもなって、月也や岩切の前で恥ずかしい……と思うのだが止まらない。

侑希は顔を峻王の胸に埋め、子供のように泣き続けた。


自分の部屋に戻ってもしばらくしゃくり上げ続け――完全に涙が止まったのは泣き始めて三十分以上経った頃だった。

一生分の涙を流し、泣き疲れてぼんやりとベッドに腰掛けていた侑希は、峻王が「ほら」と渡してくれたティッシュでちーんと洟《はな》をかんだ。眼鏡を外して、まだうるうるしている目を手の甲で擦ろうとして、手首を峻王に摑まれる。

「擦るな。余計目が腫《は》れるだろ？」

「……ごめん。……ごめ……」

「いいけどさ、泣かせたの俺だし。他の野郎に泣かされたら許さねーけど」

不遜な台詞を吐いた峻王が、ふと表情を引き締めた。

「今回はあんたのがんばりのおかげでピンチ救われたし、俺も感謝してるけど、ひとつだけめちゃめちゃ腹が立ったことがある」

その声に本気の怒りを感じ取り、侑希はまだ腫れぼったい目を瞬かせた。

「……何？」

「あんた、俺が駐車場に着く前、迅人を逃がして自分が身代わりになろうとしただろ？」

「あれは……」

言い訳しかけて、自分を見据える双眸の険しさに怯み、声が小さくなる。

「仕方がなかったんだ。そうするしか……」

「なんで迅人のために命を投げ出そうとした？」

怒気を孕んだ追及に、侑希はしどろもどろになった。

「そ、それは……迅人くんは妊娠しているし、お腹の子は神宮寺の大切な跡取りだ。だから……」

「だから？　じゃああんたが死んじまったら、残された俺が悲しむって思わなかったのかよ？」

「………っ」

そうだった。生涯でたったひとりの『つがいの相手』を失った狼が、どれだけ深い悲しみに暮れるか……わかっていたのに。自分は二年前と同じ過ちを……。

涙腺がいかれてしまっているせいか、またもやじわっとくる。

たとえ時間を巻き戻せたとしても、自分が同じ選択をしたであろうことはわかっていて、だからこそ涙が出た。

「二年前もあんた、俺と迅人の闘いを止めるために自分が飛び降りて死のうとした」

「………」

「あんたは自己評価が低過ぎる。自分に価値がないって思い込んでる。あんたのことを、どんだけ周りのみんなが大事に思ってるか、わかってないだろ？」

自己評価が低いのは、三十年近い人生で染み着いた習性のようなもので、人間なかなかそう簡単には変われない。

これでも峻王と想いが通じ合って以降、徐々に自分を認めてやれるようにはなってきたのだが。

「今後絶対、二度と自分の命を粗末にするようなことはするな」

厳しい眼光に圧し負け、侑希は俯いた。

「わかったか？」

「……わかった」

そろっと視線を上げ、まだ怖い顔の峻王に「ごめん」とつぶやく。

「本当にごめん……もう、しない。次はおまえを悲しませない」

切ない声で繰り返すと、「絶対に絶対だぞ」と念を押された。

「約束しろ」

「……ん」

約束、と囁き、峻王の唇に唇を押しつける。すぐに背中の後ろに手が回ってきて、きつく抱き寄せられた。唇をこじ開けられ、舌をねじ込まれる。

「んんっ……」

絡みついてくる舌に応えながら、侑希は腕を伸ばし、恋人の首に必死にしがみついた。


ベッドで峻王の上に身を重ね、胸に耳を押し当て、その確かな鼓動を感じる。ほどなくして、そういえばこうして抱き合うのはひさしぶりだと気がついた。

ここしばらく迅人の件で侑希自身それどころじゃなかったし、峻王もやはり気持ちに余裕がなかったのだろう。夜這いも途切れていた。

そのせいだろうか。これから抱き合うのだと意識したとたんに、胸が急に騒がしくなる。ほんの少しの気後れと、ひさしぶりの行為への期待とで、ドキドキが止まらなくなった。

「……先生」

侑希の頭を撫でていた峻王に呼ばれる。

「ん？　何？」

「いつもより興奮してる？」

「えっ……」

図星を指され、ドキッと鼓動が跳ねた。

「な、な……なんで？」

「匂いが……なんか濃い」

くんっと鼻を蠢かしてそんなふうに指摘され、内心で舌を巻く。

さすがは人狼。獣並みの嗅覚だ。

発情しているのを言い当てられ、ますます頬が火照《ほて》り、首筋がちりっと痺れる。

居たたまれない気分で、侑希は身を起こした。そのまま体を下にずらし、峻王のカーゴパンツの前立てに手をかける。ボタンを外し、じーっとファスナーを下ろす。

「先生？」

峻王が怪訝そうな声を出した。

「どうしたんだよ？」

そういった行為をするのは初めてじゃない。今までも数え切れないくらいにしたけれど、侑希から積極的にしたことはほとんどなかったので、驚いたのかもしれない。

自分でも、なぜ自発的にしようと思ったのか、はっきりとはわかっていなかった。

理由なんかない。ただ愛したいと思ったのだ。

いつもは受け身な自分が、今日は能動的に。

（峻王を……愛したい）

心の底から湧き上がってきた欲求に押され、下着の中から恋人の分身を取り出す。

まだ柔らかいそれは、それでも充分な質量を持っていた。

これが、興奮するにつれてもっと硬く、もっと大きくなって、ついには凶器と化し、自分をよがり泣かせるのだ。

でも今は、とても無防備な状態で自分の手の中にある。

少しばかりの優越感に唆《そその》かされ、先端に唇でそっと触れる。侑希の吐息に、峻王がぴくっと反応した。

なめらかな亀頭をぺろっと舌で舐める。ほんの少し塩の味がした。

次にエラのすぐ下の括れた部分に舌を這わせる。ちろちろと舌先で辿っているうちに、手の中のものがむくっと膨らんだ。

シャフトをつーっと舌で舐め下ろす。血管が浮き出た複雑な隆起を唇で愛撫する。

ふたたび、手の中のものがむくむくと膨らんで、硬さも増してきた。

自分の行為に著《いちじる》しい反応があるのは、やっぱり嬉しいしテンションが上がる。気持ちが乗ってきた侑希は口を大きく開け、恋人を頭からずぶずぶと呑み込んだ。

全部を咥えるのは無理なので、半分よりちょっと深く咥えて唇で輪を作り、そのままゆっくりと上下する。じゅぷっと音がして、口の端から唾液が零れた。唇を窄めてピストンするのと同時に舌を使う。

頭上で峻王が息を呑んだのがわかった。

(感じてる?)

唇が包み込んでいる肉が漲《みなぎ》る感触。

なんてわかりやすいんだろう。もしかしたら女性は感じていなくても感じているフリができるのかもしれないが、男は無理だ。

ある意味愚かしいほどに愚直で、だからこそ愛おしい。

甘酸っぱいような気持ちが胸いっぱいにじわじわと広がり、しゃぶっているだけなのに、気がつくと侑希自身が反応していた。下腹が……熱い。

「……先生」

喉に絡んだような掠れ声で呼ばれ、視線を上げる。上目遣いで見る峻王の顔が熱を孕んでいた。まっすぐ射貫くように侑希を見下ろす眼差しは熱く、漆黒の双眸は獰猛な光を湛えている。少し苦しげな表情が色めいて見えて、また体温が上がった。

「美味しい?」

問いかけに、こくこくと首を縦に振る。本心だった。もちろん誰のでもいいわけじゃない。おまえだから……おまえのだから。

だから、奉仕しているだけでこんなに熱くなる。興奮する。

陶然とした心持ちで、なおいっそう熱を入れて愛撫していると、密着している腹筋がひくひくと震えた。息づかいが荒くなって、何かを堪えるような吐息が漏れ聞こえてきて――。

やがて、引き締まった腹筋にひときわ緊張が走り、口の中の雄がびくびくと脈打つ。

今までの経験値でそろそろだとわかった。

いつもなら、このあたりを引き際と口を離す。だけど今日は、まだ足りない気がしていた。

もっと愛したい。

もっともっと感じて欲しい。

顎の怠さを堪え、ひたすら、無心に唇で扱く。舌先に、唾液とは異なるぬめりと青臭い味を感じた。

「せんせ……やば、い……っ」

峻王が切羽詰まった声を漏らし、侑希の肩を摑んだ。肩に強い圧力がかかった瞬間、口の中の脈動がドクンッと震え、喉の奥に熱い体液を叩きつけられた。

「…………っ」

えぐくて癖の強い味に思わず吐き出しそうになったが、なんとか堪える。思い切ってごくんと呑み込んだ。

フェラチオの経験は多数あれど、精液を呑んだのは初めてだった。

「……おい！」

顎を摑まれ、顔を仰向けさせられる。

「呑んだのか？」

瞠目した峻王に問われた侑希は、こくりとうなずいた。

「なんで？　不味いだろ？」

今度は首を横に振った。確かに味はえぐかったけれど、そこは問題じゃない。

大切なのは、強いられたからではなく、自ら呑みたいと思ったこと。

峻王の体のすべて、ひいては彼が出したものまで全部を我が身に受け入れたいと思う気持ち。

「呑みたかったんだ……おまえのだから」

切なる訴えに侑希の想いが伝わったのか、峻王が双眸を細めた。そのまま顔を近づけてきて、ぺろりと侑希の唇の端を舐める。どうやら呑み切れなかった精液が零れていたらしい。

「ありがとう。……嬉しいよ」

囁いた峻王が、唇をちゅっと吸った。唇を合わせながら、侑希の股間に手を伸ばしてきて、ぎゅっと握る。

「あっ……」

「硬くなってる……」

服の上からでもわかるほどに昂ぶってしまった自分が恥ずかしかった。

「俺のをしゃぶっただけでこんなに？」

「……ごめん」

「馬鹿。なんで謝るんだよ？　嬉しいに決まってるじゃん」

そう言う顔は、本当に嬉しそうだ。

「……峻王」

「あんたのフェラ、最高に気持ちよかった。――今度は俺の番だな」

半身を起こした峻王が、侑希の腕を摑み、くるりと体勢を入れ替える。今度は上になって、侑希の服を脱がしにかかった。まずは眼鏡を取られ、次にバンザイをさせられタートルネックのセーターを首から抜き取られた。最後にウールのスラックスと一緒に下着を下ろされると、すでに半勃ちのペニスがぷるんと飛び出してくる。無防備なそれを大きな手で握り込まれて、侑希はひくんっと身を震わせた。

「ほんとにフェラで感じたんだな？」

低い囁きに顔が熱くなる。

居たたまれずに股間を隠そうとしたが、両手を摑まれ、頭の上でひとつに纏められてしまった。下着が中途半端な位置にあるので、脚も自由がきかない。

ベッドの上に仰向けに転がされた状態で、なすがままに身を任せるしかなかった。

裏の筋を擦り上げられ、熱い手でぬくぬくと扱かれているうちに、どんどん欲望が昂ぶっていく。指の腹で先端をぐるりと撫でられると、にちっと粘ついた水音がして、自分が早くも先走りを漏らしているのを知った。

「……エロい汁、もう出てるぜ？」

わざとのように耳許で囁かれ、羞恥の炎に焼かれて全身が熱を上げる。

先端から溢れた蜜が峻王の手と擦れ合い、にちゅにちゅと卑猥な水音を立てるのにも煽られて、侑希は腰を揺らめかした。

「んっ……あっ……あっ……」

突如、軸を握り込んでいた峻王の手が離れる。入れ替わりでいきなり熱い粘膜に包まれ、ひっと喉が鳴った。頭を持ち上げ、自分の欲望を峻王が口の中に収めているのを認める。

「たか、おっ」

躊躇《ちゅうちょ》なくすっぽりと根元まで咥え込んだ峻王が、さっきのお返しとばかりに、口全体を使って愛撫し始めた。

「あっ……ひ……んっ」

輪にした指で根元をきつく引き絞られつつ、先端を舌で突かれ、悲鳴のような嬌声が喉から飛び出る。さらにもう片方の手で、蜜袋の双球を転がすように揉みしだかれた。

自分の拙《つたな》い口戯とはレベルが違う。唇と舌と指の相乗効果で追い上げられ、侑希はたちまち限界まで高まった。

思わず手を伸ばして峻王の黒髪を摑み、悩ましげに掻き混ぜる。

「んっ……う、んん」

刻一刻と切実になっていく射精感と懸命に闘っていると、蜜袋から手を離した峻王が、さらに奥へと指を伸ばしてきた。会陰《えいん》を伝って窄まりまで辿り着いた指が、先走りと唾液のぬめりを借りてずぶずぶと入ってくる。

「あぁっ……」

衝撃に喉が大きく反った。粘膜を押し広げるようにして、付け根まで一気に貫かれる。フェラチオされながらぬぷぬぷと音を立てて指を抜き差しされ、狭い肉を掻き混ぜられる違和感に、奥歯を噛み締めて耐えた。

だがやがて、峻王の指が前立腺を集中的に責め立て始めると、一転、嬌声が止まらなくなる。

「あっ……んっ、あ、んっ」

無意識に峻王の指をきつく締め上げ、疼いてたまらない腰をゆらゆらと揺らした。ベッドリネンを握り締め、背中を反らしてかろうじて快感を逃す。そうでもしないと快楽の波に泼《さら》われ、今にも達してしまいそうだった。

しかし、その「逃がし」も長くは続かず、じりじりと追い上げられる。

(……も……駄目)

もう達く――!

絶頂の予感にぶるっと身を震わせた刹那、不意に後ろから指が抜けた。欲望を包み込んでいた熱い粘膜も離れる。

「………え?」

弾ける寸前、あと一歩のところで放り出された侑希は、呆然と両目を見開いた。

視界の中で、唾液でべっとり濡れそぼったペニスが心細げに揺れている。

「たか、お?」

思わず名を呼ぶと、熱い眼差しで侑希を射貫いた恋人が、「ここから先は自分でやれよ」と命じた。

「自分、で?」

「そう。自分で」

それってつまり……オナニーしろってことか?

おまえがいるのに?

「見ててやるから。自分でやってみ?」

偉そうに促す顔をぼんやり見返す。一分ほど待ってみたが、本当に峻王は動かない。どうやら恋人が本気らしいと覚った侑希は、のろのろと体を起こした。

なんで急にそんなことを言い出したのかわからなかったけれど、とにかく「このまま」は辛過ぎる。

今やズキズキと痛いくらいに疼いている欲望をどうにかしたい一心で、とりあえず中途半端な位置で留まっていた下着をスラックスごと脱ぎ取った。その様子を峻王は黙って見ている。

「………」

真っ裸になったはいいけれど、このあと何をどうすればいいのかさっぱりわからなかった。

(ど、どうすれば?)

途方に暮れていてふと、そうか、今まで自分は随分と楽をしてきたんだな、と思った。

思えば、いつも峻王の勢いに流されていただけだった。峻王が欲しがってくれるのをいいことに、十も年下の恋人にイニシアティブを預けて、受け身でいることに慣れ切っていた。欲しがってくれて当然と、どこかで驕《おご》っていたかもしれない。

でも、本来男同士なのだから、どちらかに依存するのはおかしい。

それに、いつまでも峻王が欲しがってくれるとは限らないのだ。

抱いて欲しいのなら、こっちからもアピールしないと。

フェラして呑めばお役目御免《ごめん》ってもんじゃない。

反省した侑希は、意を決して峻王に尻を向け、ベッドに四つん這いになった。こんなポーズを自分から取るなんて、死ぬほど恥ずかしかったけれど、それしか思いつかなかった。

峻王を「誘って」その気にさせる。

ミッションを胸に秘め、そろそろと股間に右手を伸ばす。ペニスは、今にも腹にくっつきそうに反り返って先端が濡れていた。ぶらぶらと揺れている袋をそっと握る。峻王と体の関係ができてから以降は自慰からも遠ざかっていたので、自分で陰嚢《いんのう》を弄ったことはなかった。

おそるおそる揉み込むと、欲望の先端から蜜がつぷっと溢れる。

溢れた蜜を軸にぬるぬると塗り込んだ。正直、峻王にしてもらうより快感は低かったが、それでもそれなりの気持ちよさはあって、喉の奥から吐息が漏れる。

「ふっ……」

どちらかというと、恥ずかしい自分を峻王に見られていることにより興奮した。峻王の表情は見えないけれど、突き刺さるような視線を感じて、ぶるっと胴震いする。

痴態《ちたい》を晒すのは恥ずかしい。でも、その羞恥に煽られる。

またペニスの先端から先走りが溢れた。透明な蜜が滴り、糸を引いてベッドリネンにシミを作る。

黒目が濡れて、体温がじわじわ上昇する。おそらく肌の色も薄赤く色付いているだろう。

気がつけば、腰をさっきより高く持ち上げていた。自分で自分のものを扱きながら、尻をゆらゆら揺らす。枕に顔を埋め、肩で体重を支えて、左手で胸を弄った。ツンと尖った乳首を指でくりくりと愛撫する。グミみたいな弾力の乳頭を引っ張ると、ぴりっと電流が走った。

「んっ……ふっ……ン」

気持ちいい。

でも……物足りない。

こんなんじゃ足りない。全然足りない。

自分で弄れば弄るほど、決定的な何かが足りないという欠乏感が増していく。

切実な飢餓感に圧された侑希は、ペニスから手を離し、尻の狭間を探った。さっき峻王に解されたソコは、すでにぷっくりと盛り上がっている。中はヒクヒクと物欲しげにひくついていた。

二本の指で、窄まりを広げる。くぷっと淫らな粘着音を立てて口が開いた。

背後でごくっと峻王が息を呑む音がする。

それを聞いたら、もうたまらなくなった。

「……お願い」

掠れた声で懇願する。

「……来て。……峻王」

素面《しらふ》じゃとても口にできない誘い文句が零れた。それくらいに飢餓感は切実で。

「欲しい……おまえのが……ここに」

欲しい場所に指をぐっと突き立て、誘うように腰をゆらゆらと振った。

「……くそっ」

舌打ち混じりの低音が聞こえ、峻王が後ろからのし掛かってくる。指を乱暴に引き抜かれ、代わりに灼熱の充溢を押しつけられた。

「ひ……っ」

張り詰めた亀頭でめりめりと身を割られ、悲鳴が飛び出る。反射的に前に逃げようとして腰を摑まれ、ぐいっと引き戻された。

「うあっ……」

内蔵が口からせり出しそうな衝撃。

リネンを握り締め、逞しいものに穿たれる衝撃に身を強ばらせていると、前に手が伸びてきて、侑希の欲望を摑んだ。あやすように軸を扱かれ、滲み出てきた快感で痛みを相殺《そうさい》しながら、なんとか根元まで受け入れる。

「はっ……はっ」

動物みたいな体位で繋がり、肩を喘がせる侑希の背中に峻王がくちづけた。

「あんた……おねだり上手過ぎだよ」

余裕のない声に感じてしまい、結合部がずくっと疼く。

「……また締めつけてやがる……」

もはや取り繕う余裕は侑希にもなかった。

一刻も、一秒も早く、逞しい雄で突き上げて欲しい。

強く。激しく。荒々しく。いっそめちゃくちゃにして。

おまえにしか、できないから。おまえにしか、させないから。

「……お願いだから……動いて……っ」

「っ……だから……どこで覚えたんだよっ」

苛立った声と同時にずるっと引き抜かれ、抜け切るギリギリのところで逆にずんっと押し込まれる。

「あぁっ」

仰け反った喉から嬌声が迸った。

いつもは侑希がその大きさに馴染むのを待ってくれるが、今日ははじめからトップスピードでがつがつと貪られる。

激しい抜き差しに、結合部分からあられもない水音が漏れ、体がガクガクと前後に揺れる。突かれた場所から濃厚な快感が染み出してきて背筋が熱く痺れた。間断なく揺さぶられ続けて、閉じることもできない唇から唾液が滴る。

「たか、おっ……峻王っ」

縋るように名前を呼べば、応えるようによりいっそう抽挿が苛烈になった。猛った肉棒で中をぐちゃぐちゃに掻き混ぜられ、頭が白く霞《かす》む。

重い律動を送り込まれるたびに、ペニスの先からぴっ、ぴっと白濁が少量飛んだ。

「あうッ……」

尻の肉をきつく摑まれ、ねじ込むように穿たれた刹那、きゅうっと肉が収縮する。ぶるっと大きく腰が震えた。尾骶骨から脳髄まで、びりびりと熱いものが駆け抜けていく。

「い……く……いっ……ッッ」

リネンがびしゃりと濡れた。達した反動で内部を引き絞る侑希の中で、峻王もまた欲望を弾けさせる。

「く……う……っ」

ゆっくりと腰を使いながら、何度かに亘って熱い飛沫を浴びせかけてきた。

「――ッ……」

奥が濡れるのを感じ、痺れるような絶頂の余韻に身を震わせていると、峻王が力を抜いて背後から覆い被さってくる。ずっしりとした筋肉の重みに、幸せな息が漏れた。

「侑希……侑希……愛してる」

俺もだよ、と言ってやりたかったが、口を開くのも億劫《おっくう》で。

首筋に顔を埋め、ぎゅっと抱き締めてきた恋人の腕をやさしく叩く。

今にも失神しそうに疲労困憊《こんぱい》していたけれど、心と体は満ち足りて、この上なく幸せだった。

エピローグ

桜も散り、葉桜となった四月の中旬。

水川の立ち会いのもと、迅人が無事に出産した。

侑希がその知らせを受けたのは勤務先だった。五時限目の授業が終わって職員室に戻ると、携帯に峻王からのメールが届いていたのだ。

【無事生まれた。双子のオス。迅人も元気だ。迎えに行くけど何時に終わる？】

母子共に健康とわかり、心からほっとする。

何しろ取り上げる水川も初めての体験な上に、予定日などあってないようなものだったので、そろそろ生まれそうだ……と聞かされてからは、ハラハラドキドキする日々が続いていたのだ。

賀門など、ここ数日はかわいそうなほどに落ち着きがなかった。峻王が「賀門のおっさん、まるでクマだな」と評していたくらいだ。

賀門と迅人はマンションを引き払い、今のところ本郷に身を寄せている。

妊娠中と産後しばらくは、自分たちの目の届くところに迅人とその子供を置いておきたいという月也と御三家の意向が働いたようだ。英国のゴスフォードの長老とは話がつき、三名の命と引き替えに、今後迅人には手を出さないという約束を取りつけたが、用心を重ねるに越したことはない。

賀門も迅人と子供の安全を優先し、月也と御三家の要望を受け入れたが、子供が生まれてある程度にまで成長したら、独立して家を構えるつもりのようだ。

（本当に双子だったんだな）

そうであることは、事前に知らされていた。

野性の狼は多ければ一度に四、五頭の仔を産むと聞くが、さすがに人狼はそうはいかない。双子が生まれるのもめずらしいようだ。水川も過去あまり例がないと言っていた。

初めての出産で、しかも双子というのは、聞くだにハードルが高そうで……。人狼の出産は母体に負担がかかると聞いていたせいもあり、迅人も元気だと知って本当に安堵した。

【無事に生まれてよかった。四時には出られると思う。裏門で待ってる】

峻王に返信して携帯を折り畳む。

以前なら——今年の三月までは、わざわざ待ち合わせる必要もなかった。峻王もまた学校の中にいたからだ。しかし、この三月に峻王は明光《めいこう》学園を卒業した。四月の頭には大学の入学式を済ませ、今は大学生だ。

とはいっても、まだまともに授業は始まっておらず、午前中だけ大学に行って午後には解放される生活だ。中途半端に暇を持て余しているせいか、侑希と離れている時間が長いことにフラストレーションが溜まり、早くも「辞める」と言い出して一時は大変だった。

侑希の説得でなんとか思いとどまってくれたのはよかったが、代償行為よろしく毎日のように学校に「迎えに」来るようになってしまった。わざわざ迎えに来なくても、寄り道せずに本郷の屋敷にまっすぐ帰るから、と言っても耳を貸さない。

……まぁ、侑希だって時々無意識に制服の集団の中に峻王の姿を探してしまうから、人のことは言えない。

そこにいて当然だった存在が傍らにないことに物足りなさを感じてしまうのはお互い様だ。

どんなに「ずっとこのままでいたい」と願っても、時の流れは止められない。

生きている限り、環境が変わっていくのは仕方がないこと。

今日、迅人の子供が生まれたことで、自分たちを取り巻く環境はまた変化するだろう。

けれど、それは決して悪いことじゃない。

この変化によって自分たちの絆はさらに深まっていくはずだ。

少なくとも、自分はそう信じている――。

裏門を出たところに、ブラックボディのベンツが停まっていた。学園の敷地内から出てきた侑希を確認してか、パワーウィンドウが下がる。運転席から顔を覗かせた峻王が「乗れよ」というふうに顎をしゃくった。

助手席に回り込み、ドアを開けて車内に乗り込む。

「待ったか?」

「五分」

「ごめん……職員会議が長引いちゃって」

侑希の言い訳に肩を竦め、峻王が「シートベルトしろよ」と促した。

以前は侑希の台詞だったが、今じゃすっかりお株を奪われてしまっている。

春休みに最短で免許を取った峻王は、本当にあっという間に、侑希のドライビングテクニックに追いつき、追い越した。人狼の運動能力と反射神経を以てすれば、それも当たり前の結果なのかもしれないが、侑希はちょっとショックだった。運転は唯一峻王に勝てるスキルと自負していたからだ。小さな、どうでもいいプライドだが。

侑希がシートベルトを締めるのを待って、車を発進させた峻王に尋ねた。

「赤ちゃん、かわいいか?」

「んー、なんか丸っこくてコロコロしてる。狼ってよりクマの赤ん坊みてぇ」

叔父になりたてほやほやの峻王が、まだ実感の湧かない口調で答える。

「へぇ……丸いのか。かわいいんだろうなぁ」

うっとりとひとりごちる。

早く見たい。抱っこさせてもらえるだろうか。

そわそわしていると、不意に峻王が「俺、バイトすっかな」とつぶやいた。

「え?　……バイト?」

唐突な話題転換に虚を衝かれる。それより何より、峻王がアルバイトって、キャラクターにそぐわないし、似合わない。

「なんで急に……」

「金が欲しいからに決まってんじゃん」

その返答にもっと驚いた。峻王の口からそんな俗っぽい欲望を聞いたのは初めてだったからだ。

小遣いは充分に与えられているはずだし、そもそもあまり物欲があるほうじゃない。

「お金、欲しいのか？」

「金ってより、車が欲しい」

「……ああ」

やっと納得した。そういうことか。

「うちにある車、全部オッサンくせぇ車ばっかだからな」

確かに、神宮寺の車庫に並んでいるのは黒塗りのベンツやハイグレードな高級セダンばかりだ。今、峻王が運転しているのもベンツ。侑希も、車を借りる際に分不相応だと感じることがあったので、その気持ちはわかる。

「そうだな。年齢相応のもうちょっとカジュアルな車のほうが乗りやすいかもな。燃費もいいだろうし」

「だろ？」

「うん……バイト、いいじゃないか。やってみたら？」

大学もいいが、アルバイトは、もっとリアルな社会勉強の場だ。

何より、働いてお金を稼ぐという感覚を、峻王にも経験してもらいたかった。自分の意見や我を押し通すばかりじゃなく、時には折れたり譲ったりして、周りの人間と協調していくことを学ぶいい機会だ。

「学業と両立できるなら、ぜひやるべきだ」

「んじゃ……探してみっか」

「そうだな。大学の掲示板に求人が出ていたりするから、チェックしてみるといいかもしれない」

（……峻王が忙しくなったら、それはそれでちょっと寂しいけど）

そんなことをぼんやり考えていると、ステアリングを握りながら「大丈夫だって」と言われた。

「えっ？」

「俺、何があってもあんたが最優先だから」

当たり前のように言われ、顳顬《こめかみ》がじわっと熱くなる。

（エスパーか）

突っ込みたかったが、心を読まれたことを認めるようで、それもできない。

うっすら赤らんだ目許で前方を睨んでいる間に、信号が赤になった。峻王がブレーキを踏んで車を停めた——次の瞬間、顎に手が掛かってくいっと顔を横向けられる。視界がふっと暗くなり、唇に何かが触れた。

押しつけられたしっとりとあたたかい感触が峻王の唇だと気がついた時には、キスを盗んだ男はもう身を離していた。

「…………」

しばらく呆然としていた侑希は、周囲のエンジン音ではっと我に返る。

「お、おまっ……だ、誰かに見られたら……っ」

「誰も見ちゃいねーよ」

しれっと答えた峻王が、ステアリングを握り直す。

「して欲しそうな顔してっからしてやったんだろ？　文句あるのかよ？」

そんな顔、断じてしていない！

第一何がしてやっただ、偉そうに！

そう言い返してやりたかったが、天下無双《てんかむそう》の俺様男に何を言っても無駄な気がして、侑希はいよいよ赤みを増した目許でふたたび前方を睨みつけた。


「先生」

本郷の屋敷の母屋の一室に、迅人と赤ん坊たちはいた。

中央に敷かれた布団に迅人が横たわり、その横に籐《とう》で編まれた大きなゆりかごが置かれている。

その周りを、月也と岩切、都築、水川、そして父親になったばかりの賀門が取り囲んでいた。

場を包んでいるのは、緊張が解けたあとのふんわりと柔らかい空気だ。

「迅人くん、お疲れ様。がんばったね」

峻王と一緒に畳の部屋に足を踏み入れた侑希は、まずは大仕事を終えたばかりの迅人を労《ねぎら》った。

「ありがとうございます」

若干疲れは見えるものの、白い着物姿の迅人は元気そうだった。むしろその白くて小さな貌は、苦難の道程を乗り越え、無事に我が子をこの世に生み出した達成感に輝いている。綺麗だな、と思った。もともと顔立ちは端整だったけれど、今は内面から光輝くような美しさがある。

侑希は早速、ゆりかごを覗き込んだ。

「うわ……」

思わず声が出る。

峻王の言葉どおり、本当に丸々とした赤ん坊が二頭、そこにはいた。

丸い頭とむくむくした体。短くて太い手足。ちっちゃな耳と尻尾。湿った黒い鼻とピンク色の舌。二頭ともに、まだ目が開いておらず、きゅっと瞑っている。

丸みを帯びた体をふわふわした産毛みたいな毛が包んでいた。一頭がシルバーで、もう一頭は茶色。いずれは、片方が迅人似で、片方が峻王似の狼に成長するのかもしれない。人間になったら誰に似るのだろう。賀門似？　それとも月也似？

「かわいいですねぇ」

思わずため息混じりの感嘆が零れた。

想像していたのの何倍……いや何十倍も愛らしい。これが目が開いてちょこちょこ歩き出したりしたら、悶絶するかわいさだろう。

「二週間ほどで目が開き、一ヶ月で徐々に人間化するはずです」

水川が解説してくれる。その顔にもうっすら疲労の影があった。彼も大仕事を終えて脱力しているようだ。

侑希は水川の隣りに座す月也に体を向けた。

「月也さん、お孫さんのご誕生、おめでとうございます」

月也が微笑んだ。

「ありがとうございます。先生のおかげです」

「……そんなことは」

「いや、本当に先生のおかげですよ」

月也の斜め後ろから岩切が言った。彼もまたいつになく表情が和らいでいる。

「先生があの時身を挺して迅人を護ってくださらなかったら、この子たちは今ここにいなかった」

「おかげ様で神宮寺家の血を継ぐ新しい命が誕生しました」

岩切の傍らで、こちらはいつもと変わらずクールな都築が言い添えた。

侑希はさらに向きを変え、今度は迅人の枕元に座る賀門に祝福の言葉をかける。

「賀門さん、おめでとうございます。かわいい赤ちゃんですね」

「ありがとうございます。や……なんだかまだ実感が湧かなくて」

賀門が照れ笑いを浮かべて、頭を掻いた。

「新米パパ、がんばれよ」

峻王のエールに、賀門が「おー」と返す。

このふたりはウマが合うらしく、同居したこの数ヶ月ですっかり打ち解けた仲になっていた。賀門の大らかさのおかげか、警戒心の強い峻王にはめずらしく、「義兄」に心を許しているように見受けられる。これは悪くない傾向だ。この先、峻王が大神組を継ぐことになった際に、組長経験のある賀門の力添えがあれば心強いはずだから。

そんなことを考えていると、ゆりかごの中から、クーンという鳴き声が聞こえてきた。

赤ん坊が起きたらしく、まるまっていた二頭がブランケットの中でぴくぴくと蠢く。クーンクーンと鼻を鳴らし、お互いの体を短い手足でまさぐり合う。

その様子を見ていたら、背中がうずうずして、もうたまらなくなった。

「あ、あの……迅人くん」

おずおずと切り出す。

「赤ちゃん、抱いてみてもいい？」

「どうぞ。いえ……ぜひお願いします。抱いてやってください」

迅人の許しを得て、侑希はゆりかごに屈み込んだ。ドキドキしながら、そうっと茶色の赤ん坊を抱き上げる。赤ちゃん狼は体温が高くて柔らかかった。そして意外とずっしりとした重さがある。落っことさないよう、両手でしっかり包み込むようにして抱き込んだ。

「あったかい……」

目が見えないからか、チビはクンクンと鼻を蠢かし、侑希の匂いを嗅ごうとしている。

「はじめましてチビちゃん。これからよろしくね」

話しかけていると、迅人が口を開いた。

「産んだのは俺だし、父親は士朗だけど、でも俺は、この子たちはここにいるみんなの子供だと思っています」

「そうだな」

迅人の言葉を月也が引き取る。

「この子たちには、たくさんの母、そして父がいる。特別な運命を背負ってこの世に生を受けたこの子たちが、のびやかに、健やかに育つよう、皆で見守っていこう」

一同がうなずき、侑希もうなずいた。

自分も、親のひとりのつもりでこの子たちに接していこう。自分に教えられることは、全部教えていこう。自分なりの愛情を精一杯伝えていこう。

そんな思いを胸に新しい家族を愛おしげに眺めていると、峻王が耳許にひそっと囁いた。

「言っとくけど、あんたの一番は俺だからな」

「峻王？」

「そのチビはあくまで二番だぞ」

「……馬鹿」

場を弁《わきま》えない男を低く叱ると、突然ゆりかごに残されたシルバーがピャー、ピャーと鳴き出した。すると兄弟の声につられてか、茶色も鳴き出す。

「あ……鳴き出しちゃった。よちよち。どうしたのかな」

「そろそろお乳が欲しいんじゃないかな」

水川がつぶやく。

「迅人、初乳は乳児に免疫力や殺菌力を与えるので、出る間は飲ませたほうがいい。母乳自体はたぶん二ヶ月くらいで終わると思う。その頃から徐々に体も元に戻るから、あとは粉ミルクで大丈夫」

「うん」

迅人が半身を起こし、「士朗」と呼ぶ。賀門が緊張の面持ちでゆりかごから我が子を抱き上げた。上半身ががっしりと大きいので、さすがの安定した抱きっぷりだ。

「まずは、こっちのチビからな」

着物の前をくつろげた迅人が、賀門から赤ん坊を受け取り、抱っこする。わずかに膨らんだ胸に顔を近づけさせると、ひくひくと鼻を蠢かせていたシルバーがお乳に吸いついた。

「あ……飲んでる。飲んでる」

ちゅうちゅうと無心に吸いつく様が愛らしい。迅人自身初めての授乳で、ややぎこちなかったが、その穏やかな表情は我が子への愛情と慈しみに満ちている。

「………」

ふと、傍らでぽーっと見惚れている賀門に気づき、迅人が頬を赤らめた。

「何見てんの？　恥ずかしいからあっち向いててよ」

他の誰に見られるより、なぜか「夫」に見られるのが恥ずかしいらしい。

「あ……すまんっ」

あわてて賀門がくるっと後ろを向く。その姿に一同がどっと笑った。

◎　◎　◎

後日、双子の名前が決まった。

迅人と賀門で話し合って決めたそうだ。

茶色が、峻王と岩切から一文字ずつ取った「峻仁《たかひと》」。

シルバーが、月也から一文字、侑希の名前からも一文字取ってくれて「希月《きづき》」。

「一字ずつもらって、みんなのいいとこ取りができたらいいなって。ちょっと欲張りだけど」

微笑みながらそう説明した迅人は、もうすでに立派に母親の面差しをしていた。

あとがき

こんにちは。岩本薫です。このたびは「蜜情」をお手に取ってくださいましてありがとうございました。

「発情」から始まりました本シリーズも三作目。まさかモフモフで三冊も出していただけるとは……人生何が起こるかわからないものです。

さて、今作「蜜情」は、「発情」「欲情」それぞれの主人公、峻王×侑希、そして賀門×迅人の2カップルが主役のお話になりました。

このダブル主役な展開、実は他社さんのシリーズでも先だって書いたのですが（そちらは三カップルが主役という、さらにハードルの高い設定でした）……今回も書き始めてすぐに後悔の念に駆られました。おのれのポテンシャルを越えたプロット……ダメ、絶対。

ひさしぶりにぜいぜい息切れしながら（節電の夏で暑かったのもあります）、どうにかこうにか、こうして皆様のお手元に届けることができて、今心からほっとしております。

内容的には、「発情」を書いた時から念頭にあった設定ではあるものの、その、あの、かなり突っ走っていると申しますか、振り切ってしまっていると申しますか……諸々ツッコミどころ満載かとは思いますが、ファンタジーということでひとつ、ご容赦を。

「蜜情」というタイトルは、今回編集部の皆様につけていただきました。2カップルの新婚生活

（honeymoon）のイメージです。編集部の皆様、素敵なタイトルをありがとうございました。

前作「欲情」から挿絵をご担当いただいております北上れん先生。今回はダブル主役ということで、計四名の主役キャラを描いていただくことになり、お手数だったのではないかと思います。かわいい迅人、無頼な賀門、俺様な峻王、眼鏡美人の立花と目移りしてしまう多彩さにうっとり、モフモフ含め、たくさんのご褒美をいただいた気持ちになりました。素敵なイラストをありがとうございました！

編集担当様、制作担当様をはじめ、本作の発刊にご尽力くださいました関係者の皆様にも心より御礼申し上げます。

末筆になりますが、いつも応援してくださる皆様。皆様のおかげで、シリーズ三作目を出すことができました。いろいろと大変な日々が続いています。そんな中で、この本が少しでも皆様の余暇の慰みになるようでしたら、これに勝る喜びはありません。今回も本当にありがとうございました。

次にお会いできます日まで、皆様のご健勝を祈って。

二〇一一年　秋の日に　　岩本　薫

◆初出一覧◆

蜜情　／書き下ろし

ビーボーイノベルズをお買い上げいただきありがとうございます。
この本を読んでのご意見・ご感想をお待ちしております。

〒162-0825 東京都新宿区神楽坂6-46
ローベル神楽坂ビル4階
リブレ出版㈱内 編集部

リブレ出版WEBサイトでアンケートを受け付けております。
サイトにアクセスし、TOPページの「アンケート」から該当アンケートを選択してください。
ご協力をお待ちしております。

リブレ出版WEBサイト http://www.libre-pub.co.jp

BBN B•BOY NOVELS

蜜情

2011年10月20日 第1刷発行
2013年 4月 5日 第2刷発行

著者——岩本 薫

発行者——太田歳子

発行所——株式会社リブレ出版
〒162-0825 東京都新宿区神楽坂6-46ローベル神楽坂ビル
営業 電話03(3235)7405 FAX03(3235)0342
編集 電話03(3235)0317

印刷・製本——株式会社光邦

乱丁・落丁本はおとりかえいたします。
定価はカバーに明記してあります。

この書籍の用紙は全て日本製紙株式会社の製品を使用しております。

Printed in Japan
ISBN 978-4-7997-1022-7